奏のフォルテ

黒川裕子

講談社

生まれたときから、それはいつも共にあった。

まだおかあさんのおなかの中にいるときの、心臓から血管へと流れる血潮のざわめきの中に。子ども部屋の窓を叩《たた》く雨音の中に。真夜中に聞こえる犬の遠吠《とおぼ》えの中に。

それはいつもぼくの身体《からだ》を満たしている。どれほど逃《に》げても追いかけてきて、美しくもおそろしく支配する。

それはときに、友だちをどんどん奪《うば》う。

踏切《ふみきり》の音がくすぐったいといって笑い、壊《こわ》れたピアニカですっとんきょうな「ド」を鳴らしたお友だちを突《つ》き飛《と》ばす。すると「独り」がやってくる。

「独り」はしょっぱいが静かで居心地《いごこち》がいい。手を伸《の》ばすことをやめて、それが見せてくれるたくさんの景色を見ることに夢中になった。

名前も知らないまま、魅入《みい》られ、それといっしょに大きくなった。

やがて、言葉をおぼえ、ぼくはそれの正体を知る。

それの名前は——音楽といった。

序奏

ベルアップ、ベルダウン

――いつも思いだす、仮入部で入ったブラスバンドクラブの練習風景。ぼくは小学三年生で、たしか六月の土曜日の午後だった。

「こいつが入ったら、曲がぐちゃぐちゃになる。おれ、もうやめる！」

「おれもっ」

隣《となり》のクラスの男の子が二人、顔を真っ赤にして立ち上がった。いまとなってはその子たちの顔も名前も覚えていないけれど、楽器のパートが同じだった。金管《ブラス》バンドとはいえ、実質的には吹奏楽団《ウィンドオーケストラ》で、弦《げん》バスはないものの、だいたいの木管楽器はそろっているクラブだ。

おそろしくばらばらのテンポと吐《は》きそうなくらいひどい音程で、めいめい「威風堂々《いふうどうどう》」のマーチを演奏していたクラブ員たちが、ぴたっと楽器を吹《ふ》くのをやめる。またか、といううんざり顔でぼくを見た。

合奏が止まるのは、これで四回目。

先生が困ったように、ほっぺたをポリポリかいている。顧問《こもん》の先生とは別に、新しくクラブの外部指導者になった先生は、学校の先生じゃなくて、地域のボランティアだった。関西弁で、クマみたいなヒゲ面《づら》をしていた。

「あー。いちお、聞くけど。きみ、なんで一人だけ速く吹くんや」

ぼくは小さくなってうつむいた。なんでって、ついさっき聴《き》かされたＣＤとぴったり同じテンポで吹いているだけだった。無言のぼくを見て、ヒゲクマは苦笑《くしょう》した。

「……うん。まあ、速く吹いてるというより、きみ一人だけ譜面《ふめん》どおりなんやけどな。テンポ１１０、速く《アレグロ》、きわめて熱烈に《コン・モルト・フォーコ》。怖《こわ》いくらいぴったりや」

ぼくの楽器はお月様の色をしていた。いわゆる金管楽器の一つで、伸《の》ばして繋《つな》げると全部で約六メートルにもなる管が渦巻《うずま》き状に、膝《ひざ》の上に置けるくらいのサイズにくるっと丸まっている。金属製のカタツムリみたいな形の本体のおしまいに、朝顔みたいな大きなベルがついている。それがフレンチホルンという楽器。

前のブラバンの先生に、ホルンは「スター・ウォーズ」のテーマで大活躍《だいかつやく》するんだぞっと力説されても、はあ、という感じだ。

母親に、「あなた、音楽、向いていると思うよ」なんて背中を押《お》されて、小学校のブラバンクラブに入らされたのが仮入部のきっかけ。自分で選んだわけじゃない。むしろ音楽なんて嫌《きら》いだった。幼稚園《ようちえん》のころから、嫌《いや》な思い出しかない。

適当に参加して、しばらくしたら母親にも言わずにやめてやろう。そう思っていた。なるべく目立たず、いいかげんに流しとこうって。

でも楽譜《がくふ》とCDのとおりに吹《ふ》いているつもりなのに、ぼくがしばらく吹くと、周りはなぜか演奏を止める。これじゃ流すこともできない。

「じゃ、気をとりなおして、もっかいアタマから。さん、ハイ、で」

今度は同じホルンだけじゃなく、ユーフォニアムや、クラリネット、トランペットパートのやつらからも不満そうな声があがった。

「えー。何回やっても、そいつがいたらいっしょじゃん」

「もういいよ、ブラバンつまんない。サッカーのほうが楽しいし」

「いこいこ！」

まず、六年生の男子たちが、楽器をぞんざいにケースにしまいはじめた。

「お、おいおい。ちょっと待て……」

教室を飛びだしていく男子たちを、ヒゲクマがあわてて止めようとしているうちに、女子たちが困った顔でぼくを見た。どうしようかとおたがいに目配せしはじめる。

気まずい空気の中、ヒゲクマが深いため息をついた。

「――今日はもう終わりや。また来週、同じ時間に」

だれも来るはずない、とぼくは思った。

最後まで残ってくれていた幼なじみの女の子も帰ってしまった。教室には、たった一人、ぼくと、ぼくの譜面台《ふめんだい》と楽譜、そしてヒゲクマだけが残された。ヒゲクマは苦笑《くしょう》して、ぼくの肩《かた》をぽんと叩《たた》いた。

「すまんな。音楽の先生にも話は聞いとったんやけど。子どもに教えるの、はじめてやねん。次からはもっとうまく仕切るから、かんにんやで」

楽しいはずのクラブの練習時間がまた自分のせいで台なしになったことを、ぼくは知っていた。先週、先々週とまったく同じ……幼稚園《ようちえん》の音楽の時間から変わらない。最後にひとりぼっちになるのがぼくだった。

元々の顧問《こもん》である小学校の音楽専科の先生は、ちっともまとまらない子どもたちにさじを投げて、外部のヒゲクマを連れてきた。

みんなに迷惑《めいわく》をかけるならもうブラバンになんか来なければいいのに、わざわざやってきて、ひとりぼっちになった自分を、不思議に思う。音楽なんて嫌《きら》いだ。自分が周りになじめないことだって、わかっている。だのに冷蔵庫のドアポケットからこぼれた卵みたいに、ぼくは勝手に床《ゆか》に落ちてぐしゃぐしゃになる。

もしかしたら、仮入部するまで名前も知らなかった金色のカタツムリに、触《ふ》れていたいのだろうか。遠雷《えんらい》みたいな音を、自分も出してみたいのだろうか。

ぼくは黙《だま》って楽器をかまえると、さっきの続きを吹《ふ》きはじめた。運動会で聴《き》いたことのある、この曲で一番有名なメロディ。

ヒゲクマが笑いながら、楽器を拭《ふ》くクロスを差しだした。

「ええマエストーソや」

いつの間にか、目からボトボトと水が落ちてきて、ズボンの太ももにしみを作っていた。まさかオイルのしみたクロスで涙《なみだ》を拭けって？　カッコわる、とぼくは、泣きながらつぶやいた。

なんで涙が出るんだろう。先週は数人だったのに、今回は結局全員が出ていったことがショックだったのか。それともまさか、ヒゲクマに演奏を邪魔《じゃま》されたのが辛《つら》かったのか？　わからない。とにかくぼくの身体《からだ》にはまだマーチが流れ続けていた。

「もう譜読《ふよ》みしてたんか。合奏ではまだ練習してないとこやろ」

「……さっき、ＣＤで」

聴《き》いたから。鉄っぽい味のマウスピースから口を離《はな》して言うと、ヒゲクマが息をのむ。

「経験者、やんな。ホルン、いつから吹《ふ》いてるんや」

「一か月前」

そう答えると、ヒゲクマは腕組《うでぐ》みをして黙《だま》り込《こ》む。

「──あのな、じつはセンセも楽器吹くんや。これでも、日本じゃちっとは名前の通ったホルン吹きなんやで」

大きな秘密を打ち明けるように言うと、にかっと笑う。

「おもろいこと、しよか」


ホルンのベルはうしろを向いている。マウスピースを接続するマウスパイプが身体の中心にくるように注意してかまえ、ベルを腰《こし》に引き寄せる。まだ身体が小さい子どもは、ベルの端《はし》を太ももに置いて、右手指をベルの中に入れる。指をやんわりと丸め、人差し指と親指の根元で作った台で楽器の重みを支える。

「ほい、ベルアップ！」

ヒゲクマのかけ声で、ベルに入れた右手を高く持ち上げる。正面から見て、ホルンが真横になるように。一瞬《いっしゅん》で。めちゃくちゃ、重い。

「ベルダウン！」

さっと下ろして、いつものかまえ。それからまた、ベルアップ。何度か繰《く》り返《かえ》すうちに、汗《あせ》が噴《ふ》きだし、腕《うで》がしびれてくる。

「腕つりそうやろ。ホルンて、二キロ半くらいあるからな」

笑うヒゲクマを、じっとりと見上げる。

「……ベルアップって何のためにやるの？」

そもそもこれはおもろいのか。

「ずばり、ハッタリや。音響的《おんきょうてき》な効果は、ない！　客をびびらせたいときにやる。マーラーゆう作曲家のオッサンなんか、そのためだけに曲の最後にホルン全員立たせるねんぞ」

「効果もないのに、なんでやるの」

「だから客がびっくりするやろ。そしたら、おもろいやろ。さ、ベルアップ。音出してみ」

やけになって、ぐっと楽器を水平に持ち上げる。精一杯《せいいっぱい》大きな音を鳴らした。顔はきっと真っ赤だろう。ベルがビリビリと震《ふる》えるのが、右手から全身に伝わる。大きい音は鳴ったけど、音がひしゃげて気持ち悪い。けど、ちょっと気持ちいい。

ヒゲクマはかかかっと笑う。

「音楽は音を楽しむと書く。ミューズさえ喜べば、ステージで何やってもええ」

「ミューズ?」

「芸術の女神様《めがみさま》のことや。ミューズは個性的な女でな、九人もおる」

「……個性的っていうか、それ別人じゃ……」

このクマはまったく人の話を聞かないクマだった。

「その中で笛を吹《ふ》くのがエウテルペ。楽器吹きを守ってくれる女神様やで。おまえもさっき、エウテルペに見られてた」

何だか気味悪い。ぼくは困惑《こんわく》する。

「さっきのソロ、べそかきながら吹いてたときな。あれにはミューズも喜んだやろなぁ。情熱的《アパッショナート》や」

ヒゲクマは何だか嬉《うれ》しそうだ。ふつう、子どもが仲間外れにされて泣いていたら大人はあわててなぐさめる。でもヒゲクマは喜ぶ。変な人だ。

「――おまえの、その音色《おんしょく》、音程、音量。その歳《とし》で、しかもたかが一か月でだれもができることやない。それに耳がよすぎる。みんなと違《ちが》うって、しんどいやろ」

ぼくはうつむいた。心のどこかで、きっと、ずっとほしかった言葉がさらりと急に降ってきて、うろたえる。声が震《ふる》える。

「……ブラバンなんかやめる。続けてもいいこと、一つもない」

「まあ、ないわな」

「え?」

「やめれるやつは、サッカーいくやろ。呪《のろ》われとるよ、おまえ」

ミューズに。そうつぶやくヒゲクマはやっぱり嬉《うれ》しそうだ。

話を聞かないヒゲクマは、ぼくの腕《うで》をぐいぐいと引っ張った。クラブ活動中はいつも職員室にいる顧問《こもん》の先生に頼《たの》み込《こ》んで、視聴覚室《しちょうかくしつ》を開けてもらう。

ヒゲクマはさっそくテレビとＤＶＤプレーヤーの電源を入れる。自分のリュックサックから、一枚のＤＶＤのパッケージを取りだす。虹色《にじいろ》に光るＤＶＤがスロットに吸い込まれていくのを、戸惑《とまど》いながら見つめる。

パッケージには、指揮棒を持った外国人のおじいさんの写真。

「チャイコフスキーの交響曲《こうきょうきょく》第五番や。ソリストて、わかるか」

ぼくは首を横に振《ふ》った。ほとんど日本語に聞こえない。

「独奏ゆうて、曲の中で一人で演奏する独立したパートがソロ。ソロを吹《ふ》くのがソリストや。これからおまえに聴《き》かせるのは、ホルン吹きならだれでも知ってる有名なソロや。奏者は、まだ二十代やのに生意気なやつでな、ソロしか吹きたくないって公言しとる。おれが思うに、数年以内に世界で一番ホルンが上手《うま》い男になる。……悪いけど第二楽章まで、とばすで」

ヒゲクマはリモコンを操作すると、すばやく部屋の電気を消した。

ステージがテレビ画面に映しだされる。半円形の舞台《ぶたい》。観客の咳払《せきばら》いの音。かすかなざわめき。黒い礼服を着た男女全員が、無言で指揮者を見つめている。張りつめた空気の中、指揮棒がふ、と上下にすべった。分厚い樹皮を束にしたような、ぞくっとする音が流れだす。

画面の中央にホルンパートが映る。その中で、ホルンをかまえた一人の奏者の顔がアップになった。銀色がかった髪《かみ》をした、うちの父さんよりもずっと若い外国人。かまえたホルンは彼《かれ》の髪よりまばゆい白銀色だ。

豊かな、かなしげな音色《ねいろ》が流れだす。いや、これはホルンなのか、とぼくは目を見開く。うろ覚えのスター・ウォーズのホルンとはまったく違《ちが》う。

「……何これ。音がうねうねしてる」

「ロシアン・ヴィブラートや。戦後から八〇年代くらいまでのロシア人ホルン奏者が好んでやった演奏法やな」

ヒゲクマはいったんＤＶＤを止めて、いたずらっぽい顔でこっちを見る。

「ホルンなのに、ヴィブラート？」

ヴィブラートくらい、ぼくだって知っていた。音を細かく揺《ゆ》らす演奏法だ。でも、フルートなんかと違って、ホルンは音をまっすぐに吹《ふ》かなければいけないと、顧問《こもん》の先生に教わった。

「ま、いまどきオケ……オーケストラじゃやらんわな。時代遅《じだいおく》れやし、なんか浪花節《なにわぶし》っぽいし。でもこいつはあえてやる。しかも指揮者に無断でやる。そんで、だれも文句言えんくらい、めっちゃ聴《き》かせる。言《ゆ》うたやろ、ミューズさえ喜べば……」

「何をやってもいい」

ついに涙《なみだ》を止めて、ぼくはくすっと笑う。先生も、ヒゲ面《づら》をくしゃくしゃにして笑う。

「そういうこっちゃ。さ、続きや。目ェ閉じ」

言われたとおり、素直《すなお》にまぶたを閉じる。

凪《な》いだ海のようにゆらめく音楽がまた流れだす。優《やさ》しげなのに、なんて堂々として威厳《いげん》に満ちた音楽だろう。一つ一つの波を、音を、食い入るように追いかける。追いかけて、指先で触《ふ》れ、口の中に含《ふく》む。

ヒゲクマがささやく。

「これがソロや。ソリストや。おまえの音のほかに音はない。伴奏《ばんそう》以外、ホールに響《ひび》くんはおまえの音だけ。バンドで、オケで、おまえの音がだれより美しい。楽器はおまえの喉《のど》や。カンタービレ、てわかるか。歌うように吹《ふ》く。すすり泣くように歌う」

ぼくは夢うつつで、耳をはむホルンの音色《ねいろ》に自分をゆだねた。ぼくはアタマの中で楽器をかまえ、喉を鳴らしてマウスピースに口づける。

「――真剣《しんけん》に楽器やるのは、絶対辛《つら》い。でもかならず、一瞬《いっしゅん》でもやっててよかったと心底思うときがくる。おまえを理解するやつがきっと現れる。だから、今日みたいなことがあっても、音楽を嫌《きら》いになるな。ミューズは戦うやつが好きなんや。ベルアップやで、自信を持て。楽器を、自分を、誇《ほこ》れ」

なぐさめになってない、とぼんやりと思う。

その一瞬《いっしゅん》のために、ひとりぼっちでいろというのか——ぼくは正体不明の熱に浮《う》かされたまま唇《くちびる》を開く。

「このホルンの人。この人の名前は……」

「レオニード・アブト」

完璧《かんぺき》だ。完璧。この音こそが完璧。レオニード・アブト、ソリスト。

ああ落ちた、と。ぼくは、ふいに思う。

音を立てて。心臓に——雷《かみなり》が。

第一楽章

コン・メランコリーア──憂鬱《ゆううつ》に

かわいそうな、ぼくのシュトラウス。

だれにも聴《き》いてもらえずに泣いている。


ぼくは、ストップが聞こえなかったふりをして、B♭《ベー》の形にアンブシュア、唇《くちびる》の形をつくった。ふいごみたいに肺から酸素をぎゅっと押《お》し上《あ》げる。第一楽章、二十八小節、四拍《はく》目。均一な腹圧をかけてp《ピアノ》からクレッシェンド、一気にオクターブ上のB♭にリップスラーで昇《のぼ》る。

シュトラウスが付けた指示は、コン・エスプレッシオーネ（表情豊かに）。

どうか、まだ。あと一小節でいい、ぼくにうたわせて。ホルンを吹《ふ》かせてくれ。

『ストップ』

冷ややかな声が、もう一度、これ以上ないほどわかりやすい英語でぼくに告げた。

『そこまででいい』

頭の中ではまだリヒャルト・シュトラウスのホルン協奏曲第一番、第一楽章が鳴《な》り響《ひび》いている。そこからぼくのソロだけが消えた。うそだろ。毎日、学校の授業と部活と食事、お風《ふ》呂《ろ》以外のすべての時間を練習に費《つい》やしてきた曲だっていうのに、楽章《ムーブメント》どころか、合計十小節しか吹かせてもらえなかった……。

自分のホルンを下ろして、足もとの赤い絨毯《じゅうたん》にいくつもついた、茶色いシミを見つめる。真冬の水たまりみたいにカチコチに凍《こお》りついた頭で、あ、これはバルブオイルのシミだ、なんてぼんやり思う。足もとに置いた、ツバ捨て用ぞうきんは一度も使われないまま。右手は未練たらしくまだベルに突《つ》っ込《こ》んだままだ。

愛器のコーン社製フルダブル・フレンチホルン、8DS-ABT〈アブトモデル〉。わざわざ目の前の人にあこがれて買ってもらったシルバーの楽器をこんなに重いと思ったことはない。べったりかいた手汗《てあせ》で、ベルがいまにも膝《ひざ》からすべり落ちそうだ。

ぼくの愛してやまない、世界最高のホルン奏者のロシアなまりの英語がまた、晩秋の雨みたいなそっけなさでぼくの耳を打った。

『どうしたのかね。真冬の水たまりの次は晩秋の雨だなんて、きみは、ホルンだけじゃなく考えることまで平凡《へいぼん》だな』
――あ、いまのは、ネガティヴキングと異名をとるぼくの妄想《もうそう》。それくらい、中学に入ってから一年とちょっと、いつかアブトと話したいという一心でできたえてきたリスニング力がすっかりログアウトしている。

ぼくの名前は遠峰《とおみね》奏《かなで》、十四歳《さい》の中学二年生。演奏の「奏」という名前だけれど、「成しとげる」という意味で父さんがつけた名前。家は千葉の習志野《ならしの》市で三代続く酒屋で、家族も親戚《しんせき》にも音楽をやっている人間はいない。

吹奏楽《すいそうがく》コンクールで全国大会常連の私立習志野大学付属中学校で、異例の二年生トップ（第一ホルン）をやっている。日本ジュニア管打楽器コンクールのホルン部門で文部科学大臣賞を受賞し、月刊バンドジャーナルや管楽器専門誌で個人特集を組まれたこともある、いわゆる日本管楽器界のホープってやつだ。見かけは、面倒《めんどう》くさがりのせいで長めに伸《の》びた黒髪《くろかみ》と、一六五センチという中二男子の平均身長まんま、家でひたすらジグソーパズルやってそうと言われたこともある、さえない男子。

小学生のころは日本の音楽界に神童現るなんて言われたけど、中学に上がる前くらいから伸び悩《なや》んで、二度目、三度目のジュニアコンクールでは優勝を逃《のが》した。今年はプレッシャーで体調をくずして、結局個人では出ずじまい。

最近じゃみんな気をつかっちゃって、「いつ海外デビューするの?」なんてインタビューもこなくなった、リアル・元天才児だ。

真昼の悪夢でなければ、ここはニューヨーク、マンハッタン、世界で一番有名な音楽学校といわれるジュリアード音楽院五階のレッスン室だ。あのヨーヨー・マや五嶋《ごとう》みどり、ヴァン・クライバーン、諏訪内晶子《すわないあきこ》、マイルス・デイヴィスだってここの出身者だよ。

世界で通用するソリスト——オーケストラをバックに、ホルン協奏曲や有名なソロを吹《ふ》く独奏者になるのがぼくの夢。五月十三日、今日ぼくは、ジュリアードのプレカレッジ(高校生以下)部門の入学オーディションの真っ最中だ。

ジュリアードのレッスン室は、ひどく殺風景な部屋だった。名物だという深い色の赤絨毯《あかじゅうたん》。隅《すみ》には古いスタインウェイのピアノ。窓もなければ、音を吸ってしまうカーテン類もない、ただ音を鳴らすためだけの空間。壁《かべ》の向こうには、たくさんのミュージカル劇場が軒《のき》を連ねることで有名なブロードウェイ通りがあるはずだけど、ぼくをはげますミュージカルナンバーは聴《き》こえてこない。

ぼくの目の前には長机があり、そこにはジュリアード音楽院のホルン専攻科《せんこうか》の教授三人が、窮屈《きゅうくつ》そうに肩《かた》を並べていた。その真ん中からぼくを厳しい表情で見つめているのは、名門オーケストラであるニューヨーク・フィルハーモニック……通称《つうしょう》「ニューヨークフィル」の現役《げんえき》ホルンソロ首席奏者で、さっきぼくの演奏を止めたレオニード・アブトだ。

そう、あのアブトなのだ。

モスクワ出身、アメリカ在住のロシア人で、今年三十三歳《さい》になるホルンの神様。CDジャケットで毎日見てきた彫《ほ》りの深い顔だちに、若白髪《わかしらが》まじりのシルバーの髪《かみ》。ホルンのブラスカラーより深く輝《かがや》くペリドットグリーンの瞳《ひとみ》。何より、いかにもホルン吹《ふ》きって感じでアンブシュアが決まりやすそうな、うすい唇《くちびる》がすてきだ。

経歴から食べ物の好み、ペットの名前まで、アブトのことなら何だって知ってる。

国立モスクワ音楽院の神童と呼ばれ、弱冠《じゃっかん》十二歳のときにモーツァルトのホルン協奏曲第二番でベルリンフィルとデビュー共演。二十歳《はたち》で、めったに一位を出さないミュンヘン国際音楽コンクールのホルン部門で最年少の一位を獲得《かくとく》した。それまで管楽器では首席ソリストを置かなかったニューヨークフィルで、はじめて専属ソロ奏者になったすごい人。

オーケストラ奏者としても超一流《ちょういちりゅう》のくせに、合奏部分には参加せず、ソロしか吹かないっていうこだわりがまたカッコいいんだ。愛器はコーン社製8DS－ERシルバーカラー、好きな音楽家はチャイコフスキーとショスタコーヴィチ。

七年前のニューヨークフィルの定期演奏会、チャイコフスキーの交響曲《こうきょうきょく》第五番第二楽章でいきなり響《ひび》かせたロシアン・ヴィブラートは、ステージ後に指揮者と取っ組み合いの喧嘩《けんか》になったというエピソードつきで、いまでも世界中のクラシック好きの語りぐさとなっている。

ぼくが小学校のブラバンクラブでホルンをはじめたころから、まるで恋人《こいびと》の声に胸をときめかせるみたいに、CDの盤面《ばんめん》が傷だらけになるまで、この人のホルン協奏曲を聴《き》いてきた……。

そのアブトが、手元のペンをいらだたしげにいじり回しながら、早口で何か言っている。どうしよう、全然聞き取れない。

アブトは震《ふる》えるばかりのぼくに軽くため息をつくと——見事なスナップをきかせて、ペンをぼくに向かって投げつけた。ふたをしてないペン先がしゅっとぼくの頬《ほお》をかすめ、ドアに当たって派手な音を立てる。

ぼく、ペンを投げたくなるほどへたくそだった？

間髪《かんはつ》いれず、アブトがドアに向かって何事かどなる。しばらくして赤毛の女性スタッフがめんどうくさそうにドアから顔を出し、肩《かた》をすくめてまた引《ひ》っ込《こ》んだ。どうやら、スタッフを呼んだだけだったみたい。

アブトはちらっとぼくを見て、

「ノー、イングリッシュ？　ナウ、プレイ、ファーストムーブメント、アゲイン」

その言葉に、ぼくは思わず「えっ」と声をあげてしまった。さすがにわかるよ、第一楽章をもう一度吹《ふ》いてってことだ。

今年のフレンチホルン部門のオーディション課題は、長音階、短音階の実演に、ホルンの鉄板エチュード集、コプラッシュの「ホルンのための六十の練習曲」からエチュードを一曲。それから、ベートーヴェン、モーツァルト、サン・サーンス、そしてリヒャルト・シュトラウスのホルン協奏曲の中から一作品を選び、楽章二つを演奏するというもの。

だから音階とエチュードのあとに、第一楽章のアレグロと、第二楽章のアンダンテを続けて演奏する予定だったんだ。十小節で止められたけど。

動かないぼくに舌打ちすると、アブトはさっさと立ち上がって、つかつかと譜面台《ふめんだい》に近づいた。子猫《こねこ》よろしく襟首《えりくび》をつかまれて、廊下《ろうか》に連れだされる。

廊下のパイプ椅子《いす》に座《すわ》った、年齢《ねんれい》も、目の色も肌《はだ》の色もバラバラの受験者たちが、むきだしの楽器を持ったままアブトに引っつかまれているぼくをいっせいに見た。

そのまま廊下《ろうか》をズルズルと引きずられて、突《つ》きあたりのエレベーターに押《お》し込《こ》まれる。迷わず三階ボタンを押したアブトは、逃《に》げるとでも思っているのか、ぼくの襟首《えりくび》をつかんだままだ。

黙《だま》っていると、あこがれのアブトと二人きりであることを急に意識してしまう。ぼくはちらっとアブトの横顔を盗《ぬす》み見《み》た。CDのジャケットではわかりっこない、バッサバサの長いまつげや、よくわからないけど大人って感じのオードトワレの香《かお》りに、状況《じょうきょう》を忘れてほっぺたが熱くなる。

エレベーターを降りたところで、いまにもずり落ちそうな大きな眼鏡をかけた、若いアジア人男性が待っていた。二十代半ばくらいかな。左脇《ひだりわき》にいくつもの楽譜《がくふ》を抱《かか》え、急いで走ってきたみたいに汗《あせ》をかいて肩《かた》で息をしている。

アブトとぼくを代わる代わる見て、はーっと大きなため息をついた。

「……せっかく激戦区の401レッスン室とれたのに、なんでこんなこと……」

日本語だ。アブトは彼《かれ》に何か言うと、ぼくを押しつけて、自分はさっさと先に行ってしまう。

救いの神とばかり見つめるぼくに、日本人の彼はため息をもう一つついた。

「もう、本当に勝手な人だな。……はじめまして、おれはユースケ、ピアノ科。きみの通訳と伴《ばん》奏《そう》をするために、たったいま、貴重な練習時間中に呼びだされたとこ」

「伴奏《ばんそう》!?」

「そう。きみはプレカレの生徒さん？　ホルン持ってるし、アブトのクラスかな」

「あ、いえ。プレカレッジの……受験者です。遠峰奏といいます」

ユースケさんは足を止め、目をぱちぱち瞬《まばた》かせてぼくを見つめた。

「まだ生徒じゃないの？　ふうん——ま、いいや。あっ、ホールこっちね」

「え。えっ？」

ぐいぐい手を引っ張られて道案内される。ここ入って、となかば強引《ごういん》に押《お》し込《こ》まれたのは、ルーム309、Bruno Walter Orchestral Studioと表示された部屋だった。

分厚い防音ドアを開けると、気圧の変化で耳がキィンと痛む。小ぶりの台形の舞台《ぶたい》と百席くらいの座席がある小さなホール。ちょうど何かのリハーサル後なのか、舞台ではまばらに残った演奏者たちが譜面台《ふめんだい》を片づけている。さっきアブトが声をかけた女性スタッフが彼《かれ》らをせかして、ぴかぴかのスタインウェイを運び込ませようとしていた。当のアブトはすでに客席に陣取《じんど》ってぼくたちに手招きしている。

ユースケさんが、ぼくの耳元でひそひそささやいた。

「何かすごいことになってるね。きみ、オーディションで何したの?」

「課題曲を十小節で止められました……」

「何それ、ショックじゃん」

顔を引きつらせるユースケさんに、ぼくは同意を込《こ》めて大きくうなずいた。

「それなのにホールで仕切り直しするの? 訳がわからないな。まあ、アブトは変人で有名だから……」

今度はぼくが顔を引きつらせる番だ。

「え、仕切り直しって、ホントにぼくが演奏するんですか」

「きみ以外にだれがいるの。同じ日本人ってだけでそのために呼びだされて、こっちは大迷惑《だいめいわく》なんだけど」

愕然《がくぜん》とするぼくを、ユースケさんがあきれたように見る。

あ、吐《は》きそう……。

いますぐトイレに駆《か》け込みたくなった。

じつはぼくには吐きぐせがあって、プレッシャーがきつい状況《じょうきょう》になったらすぐにトイレに直行してげーげーやってしまう。部の連中には大のほうだと思われているけど。

ユースケさんは脇《わき》に抱《かか》えたピアノ譜《ふ》をぱらぱらとめくって、ぶつぶつつぶやいている。

「うーん。リヒャルトのホルン協奏曲第一番って、じゃーん！　ですぐにソロがはじまるアレだよね。おれ、初見なんだ。間違《まちが》っても怒《おこ》るなよ」

どれほど短気なのか、ぼくたちに向かってアブトがいらいらとどなる。早くしろって。折しも舞台《ぶたい》ではスタインウェイの調律が終わったところだ。

舞台に向かう通路の階段を下りかけたユースケさんが、「あ」と振《ふ》り返《かえ》る。

「テンポはきみの出だしに合わせるよ。さ、行こう。楽しいギグになるといいね」

ジュリアードの人たちは、合奏のことをギグって言う。ニッと笑ったユースケさんは、一流プレーヤーっぽくてかっこいいけど、もうそれどころじゃない。

混乱しきったアタマでぎくしゃくと舞台に上がる。スタインウェイの前に、立ったまま吹《ふ》く立奏用の背の高い譜面台が置かれていた。譜面台の上に、日本から持参してきた自分の譜面がすでにそろえられているのを見て、観念する。

客席には、小学生のころからあこがれてきたレオニード・アブトが、腕組《うでぐ》みをしてぼくを見つめている。

きれいな金髪《きんぱつ》をした、ぼくと同じ年代の男子が、スタジオの客席、真ん中寄りに座《すわ》ってだるそうに眺《なが》めているのが見えた。さっきまでリハしてた人たちかな、ほかにも野次馬が何人かいるみたいだ。ほんと何の罰《ばつ》ゲームなの、これ。

ユースケさんがピアノの椅子《いす》に座《すわ》り、ペダルを踏《ふ》む。ピアノと譜面台《ふめんだい》に絞《しぼ》られたライトに、ぼくのホルンが反射してまばゆい白銀の輝《かがや》きをはなっているのがわかる。ぼくだけの輝き。ジュニア管打楽器コンクールでも経験したソロの舞台《ぶたい》だ。

でもここはジュリアード。

エベレストのように高いプライドが、むくりと頭をもたげる。

ぼくはホルン吹《ふ》きだ。持てる武器はいつだって楽器と唇《くちびる》、そして音楽だけ。

アブトが何を考えてるかなんて、いまはどうだっていい。

——ぶちかましてやる。ぼくはいつか彼《かれ》に認められるソリストになるんだ！

ベルを右手の親指で支えるようにホールドし、正面から見たときまっすぐに見えるようにマウスパイプを掲《かか》げ、マウスピース《マッピ》を唇に当てる。冷えた廊下《ろうか》を歩いてきたせいで、管がカチカチに凍《こご》えている。何度か大きく息を吹き込《こ》んで楽器を温め、目線をユースケさんに送ると、軽いうなずきが返った。

震《ふる》えそうになる唇でアンブシュア、つまり唇の形をつくり、もう一度シュトラウスに会いにいく。オケでは二十人強の小編成で演奏されることが多いホルン協奏曲第一番、第一楽章アレグロ。

演奏がはじまる前の、一瞬《いっしゅん》の、おそろしいほどの静寂《せいじゃく》を、ユースケさんの鍵盤《けんばん》が叩《たた》き割《わ》った。いきなりフィナーレのような、華《はな》やかな和音のスフォルツァンド。

すぐにソロがはじまる。エネルジコ――力強く。十分に息を吸い、雄々《おお》しい山岳《さんがく》をはるかにのぞむような輝《かがや》かしいファンファーレをフォルテで歌い上げた。カデンツァ風のファンファーレの最後、五線の下のB♭《べー》をズドンと吹《ふ》ききってピアノに渡《わた》す。よし、苦手な超低音《ちょうていおん》、うまくいった。すかさず、ぼくのイメージどおりのテンポで間奏がはさまる。

ユースケさん、上手すぎ。音の粒《つぶ》がキリリと立ち上がってて、万華鏡《まんげきょう》みたいに表情が多彩《たさい》で、一人オーケストラみたい。これで初見とかウソでしょ！

続いて現れる副主題のメロディでは、直前のファンファーレを忘れ、雲一つない青空を突《つ》き抜《ぬ》ける。明るい響《ひび》きのコン・エスプレッシオーネ――表情ゆたかに、でも初々《ういうい》しさを失わないように――伸《の》びやかにホルンを鳴らす。さっき止められた因縁《いんねん》の小節だ。ワンフレーズごとに、p《ピアノ》からのクレッシェンドとデクレッシェンドを丁寧《ていねい》に。

この曲は、ホルン奏者を父に持つリヒャルトが弱冠《じゃっかん》十八歳《さい》のときに作曲した協奏曲だ。幼いころから聴《き》き慣れた一番身近な楽器を題材にして、ぴちぴちの青年が作った「ひたすらカッコいいホルンの曲」。くすぐったい炭酸水に、ミントブルーの蜜《みつ》をたらしたジュースがアタマに浮《う》かぶ。

あ、ちくしょ。四十二小節三拍《ぱく》目のハイE《エス》♭、ちょっとブレた。今日は五線上の高音の当たりがいまいちだ。まだ楽器が温まりきっていないのか、アンブシュアが甘《あま》いのか。リカバーだ、リカバー。左手親指の切り替《き》え《か》レバーを意識する。保険かけて今日は、高音はできるだけF管《エフかん》ではなく、より管が短くて音が外れにくいB♭管《ベーかん》に切り替えて吹《ふ》こう。

アタマの中で、若き日のシュトラウスに話しかける。

ねえリヒャルト、ぼく好きだよ、きみのこの曲――。

カッコいいからじゃない、ミントブルーの青さだけならこんなに惹《ひ》かれない。お父さんのために作った協奏曲。きみが小さなころから子守歌《こもりうた》みたいに聴いていたホルンへの愛が、お父さんへの素朴《そぼく》な親愛があふれているような気がするから。

客席のアブトはアームレストに頬杖《ほおづえ》をついて、黙《だま》って演奏を聴いてくれているようだった。いまのところ、演奏を止めるようすはない。さっきの金髪《きんぱつ》の男の子も、ぼくをにらむようにしてじっと聴き入っている。

第二楽章アンダンテに入っても、アブトはぼくを止めなかった。

ゆったりとはじまる八分の三拍子《びょうし》。赤ちゃんの手が触《ふ》れるような、ユースケさんの優《やさ》しいピアニッシシモを二小節聴《き》いたあと、ぼくは最高のドルチェ《甘やかに》で歌いだす。

少しさみしげな感じもする第二楽章だけど、これは、第三楽章という舞踏会《ぶとうかい》で踊《おど》るはずのとびきりの輪舞曲《ロンド》への期待の裏返しなんだ。

金管楽器としての荒々《あらあら》しさはおくびにも出さずに、まるで乙女《おとめ》のフルートみたいに繊細《せんさい》なドレスをまとう。真珠《しんじゅ》の首飾《くびかざ》りも忘れずに。あくまで優雅《ゆうが》に、ぎりぎりの細さまで息をコントロールして、レバーと管の組み合わせによっては最長五メートル以上にもなる管に送《おく》り込《こ》む、難作業。

……だめ、うまくいってない。主題部で音がうらがえった。

こんなんじゃだめだ――ぼくのシュトラウスはまだこんなものじゃない。またアブトに止められてしまう！

あせりがささいなミスを呼び、ミスがまた次のミスを呼ぶ。いつの間にか、ぼくはユースケさんの伴奏《ばんそう》が聴こえなくなっていた。アタマの中にうず巻く曲のイメージや色彩《しきさい》に飲み込まれてゆく。徐々《じょじょ》にコントロールを失い、熱に浮《う》かされるようにして突《つ》っ込《こ》んでいった第三楽章のアレグロ。すでに課題の部分は終わっている。

スタッカートまじりの三連符《れんぷ》を追う。一番得意な高音でアップテンポの細かいアーティキュレーション。最初の盛り上がり、フォルティッシモのハイE♭《エス》を親の敵《かたき》でもぶん殴《なぐ》るかのように当てにいく。アタマの中にバンドネオンがぽんっと浮《う》かび上《あ》がった。ロンドどころか、これじゃ速弾《はやび》きのタンゴだよ。ユースケさんがあわてて合奏部《トゥッティ》に入るのが少し遅《おく》れて耳に入った。

落ちつけ、落ちつくんだ。気をとりなおして、マエストーソ。「いいから堂々といけこの野《や》郎《ろう》」くらいの意味だけど、あこがれのアブトに向かって競走馬みたいに早駆《ギャロップ》けしたがるぼくの音、堂々って何だっけ⁉

アブトがゆっくりと拍手《はくしゅ》をするパンパンという音で、ぼくはやっと現実の世界に返ってきた。演奏を終えて、マッピが唇《くちびる》とちょうど同じ温度に熱くなっている。アタマの中で話しかける。ねえシュトラウス、ぼくはさっきより少しはうまくやれた？

カイゼル髭《ひげ》をたくわえたリヒャルトから答えを聞く前に、ぼくは現実をシャットアウトした。ねえユースケさん、いまため息ついたね、どういう意味？　アブトがどんな表情をしているか見たくなくて、ぼくは深くうつむく。

ユースケさんがピアノ椅子《いす》から立ち上がって、お疲《つか》れさま、とぼくのとなりに立った。今度は通訳をしてくれるみたいだ。

しばらく黙《だま》ってぼくを見つめたあと、アブトが口を開いた。早口の英語のあとに、ユースケさんが日本語で話す。

『きみ、学校でオーケストラ……いや、吹奏楽《すいそうがく》やってるんだったね。正直、楽団で浮《う》いてるだろ？　音楽をいっしょに楽しめる友人はいるかな？』

その言葉にぼくは凍《こお》りついた。ぼく、そんなに友だちいなさそうな顔してるだろうか。いないけどさ。

『まあいい』

アブトは石のように固まったぼくを見て、くすりと笑った。

『独自の感性が前面にでている。音色《おんしょく》が多彩《たさい》だ。音の入りもすばらしい。惹《ひ》かれるものがある演奏なのはたしかだ。でもホールでピアノ伴奏《ばんそう》をつけると、よくわかったよ。きみの音ね――愛がない』

慎重《しんちょう》に、ゆっくりと唇《くちびる》から紡《つむ》がれるユースケさんの訳に、ぼくはポカンとした。愛。

『そう。自分以外の音はすべて必要ないという感じの音なんだ。だから力強く、傲慢《ごうまん》で、美しい』

それからアブトはまた少し黙《だま》って言葉を選ぶ。

『でも、悪くいえばオーケストラのイメージがまるで伝わってこない。独特の解釈《かいしゃく》やリズムが強すぎて、音が伴奏《ばんそう》を必要としていないんだ。独奏とは、そういう意味ではないはずだ。バッハの無伴奏ではあるまいし、テンポやリズム以前の問題だ。……技術はあるようだから、わたし以外の教授になら推薦《すいせん》してもいいけどね。どうする？』

いつの間にか、ホルンを持つ手がぶるぶる震《ふる》えだす。

……たしかに第三楽章はまあまあとしか言いようのない出来だった。でも途中《とちゅう》まではかなりうまくいったと思っていただけに、アブトの言葉に、腹がずしりと重くなる。とっさに言葉が出てこない。

愛。あい。ラヴ。アイって何だ。

わからないよ。何が悪かった？　最高ではないけれど、恥《は》ずかしくない演奏だったはずだ。さっぱりだけど、ほしいものだけは、はっきりしてる。

ぼくはかすれた声で言った。

「ノー。アイ、オンリー、ウォント、ユー。アブト」

……いいえ、ぼくは、あなたしか、いらない。

アブトがひゅう、と口笛を吹《ふ》く。

『アパッショナート！　情熱的だね』

続けてにこやかな笑顔《えがお》でさらりと告げられた言葉に、この日一番打ちのめされる。

『——それでも、わたしがほしいのはきみじゃない。わたしが育てたいのは、最高のオケと表現の限界まで共鳴できるソリストであって、独りで吹いている密室のソリストではないからね。愛とは何だ？　音楽を続けるかぎり、きみはかならず同じ問題に突《つ》き当《あ》たるはずだ。でもきみの音にはその答えがない。だからきみはまず、いまの楽団で落としものを見つけなさい』

だってさ、と伝えるユースケさんも気まずそうだ。

そのあとぼくが最初にしたのは、トイレの場所を聞いたこと。そこからどうやってホールを後にしたかも覚えていない。足もとに急に真っ暗な大穴が空いて、どこまでも落ちていく気分を味わった——。


気がつくと、ぼくはジュリアードの本院ビルを出て、リンカーンセンターの一角にあるカフェでホットチョコレートのマグを抱《かか》えていた。足もとには、どうやら無事に持って出てきたらしい、ベルの形が突《つ》き出《で》た真っ黒のホルンケース。窓際《まどぎわ》の二人用テーブルを挟《はさ》んで、ユースケさんがほほえみを浮《う》かべている。

「それはおごりだよ！　ぼくは奨学金《しょうがくきん》はもらえなかったから、貧乏《びんぼう》学生なんだけどね。ここのホットチョコレート、うまいんだ。わざわざ五月にフーフー言いながら飲むのがいい」

ぼくは、ぼうっとしたまま、マグに口をつけた。とろりと濃《こ》いカカオの味が、口の中いっぱいに広がって、戻《もど》したせいで空っぽの胃に落ちていく。汗《あせ》かくくらい、あったかい。窓の外では、ヴァイオリンケースを肩《かた》から提《さ》げた通行人の学生が、コートのフードをかぶるのが見えた。小雨《こさめ》が降りだしたみたいだ。

自分もホットチョコレートをすすりながら、ユースケさんがたずねる。

「きみ、まだ中学生なんだろ？　学校はどうしたの」

「……休んできました」ずずっ、と鼻をすすりながら答えた。

「付《つ》き添《そ》いは？」

「うち、親が商売やってて……。店休めないんで、ぼくだけで」

「へえ、度胸あるな！　いまの中学生って、すごいんだね」

ユースケさんは何度も首を横に振《ふ》って、大げさに感心している。たしかに、ぼくにとってこれがはじめての海外旅行。一人で飛行機に乗るのは大変だったけど、出願のときに願書やエッセイの添削《てんさく》をお願いした現地の日系エージェントがＪＦＫ国際空港で待ち合わせてくれた。

「しかしきみ、トオミネくんだっけ？　せっかく推薦《すいせん》してくれるって言ってんだから、とりあえず入れてもらって、あとからアプトにアプローチしたらよかったのに。まだプレカレ世代なんだからさあ。現役《げんえき》院生のぼくが言うのも何だけど、ジュリアードだぞ」

「――アプトに、取ってもらわないと意味ないです、から」

「青クサいと言いたいところだけど……ま、あるよね。そういうの。学校やコースにこだわるより、ただ一人に師事することにこだわるのは、演奏家として間違《まちが》っちゃいない」

　ユースケさんはニッと笑う。

　突然《とつぜん》練習を邪魔《じゃま》されて、見ず知らずのぼくのために初見の曲を弾《ひ》かされたのに、根に持つようすはまったくない。いい人なんだ、ユースケさん……。

「ま、アプトは変人だけど天才だ。教授がオーディションに通訳まで呼んでホール使わせるなんて、これまでないことだよ。きっときみの何かが、琴線《きんせん》に触《ふ》れたんだ」

「琴線に触れて、その場で落ちてりゃ世話ないです……」

「ま、そうなんだけどね」ユースケさんがカラカラ笑う。

「きみはまだ若すぎるくらい若い。いくらでもチャンスはやってくるさ」

何のなぐさめにもならない言葉に、ぼくはウジウジとうつむいた。

「……音楽に年齢《ねんれい》って、関係ないですよね。それにチャンスだって……何度もあるなんて、そんな甘《あま》い世界じゃ……」

「ま、そうなんだけどね」

またしてもあっさりとうなずくユースケさん。

プロの音楽家の世界は厳しい。アブトのように、多くの天才は十代はじめにはすでに頭角を現す。ジュリアードという世界トップの音楽学校を卒業しても、世界の舞台《ぶたい》で輝《かがや》くソリストになれるのはほんの一握《ひとにぎ》りなんだ。

「たしかにチャンスはかぎられているけど、あきらめなければまたやってくる。今回は、たまたまアブトがいる年だったのがかえってアダになったね。さっきのシュトラウス、正直、アブトじゃなかったら受かってたレベルだと思うよ」

「……そう、ですか」

「ま、なぐさめにはならないよね。サムライボーイ」

ぼくはあいまいに笑った。

ありがとユースケさん、でも介錯《かいしゃく》するどころか、切腹ほやほやの傷口に指突《つ》っ込《こ》んでグリグりされてる気分だよ。ぼくはアブトに聴《き》いてもらいたかった。結果には後悔《こうかい》だらけだけど、それだけは変わらない。

だって、たまたまじゃないんだ。

これまで弟子《でし》を取らなかったアブトが、気まぐれに、ニューヨークフィルを休団して九月からはじまる新学期から一年かぎりの契約《けいやく》でジュリアードで教える――。

ぼくはそれを知って、あわてて受験することに決めた。部活の顧問《こもん》は、高校卒業してから大学にあたるジュリアードの本院を受験しても遅《おそ》くないとぼくを説得しようとした。でもきっとそのときジュリアードにアブトはいない。いまじゃないと、だめだったんだ。

海外のサイトで、アブトが教授になることを知ったとき、それまでふわふわした想像でしかなかった未来が、急にあざやかに、ぼくの前に扉《とびら》を開いた気がした。

小三の六月、小学校の視聴覚室《しちょうかくしつ》でアブトのＤＶＤをはじめて見せてもらったときのことを、きっと死ぬまではっきり覚えている。チャイコフスキーの五番、ニューヨークフィルの首席ソロ奏者になってはじめての定期演奏会の演奏。

第二楽章アンダンテ・カンタービレ。有名なホルンソロの、切なげなＤ《デー》の音を聴《き》いた瞬間《しゅんかん》、ぼくの心臓に雷《かみなり》が落ちた。家に帰ってから大さわぎして、その週のうちに、それまで学校で借りていたホルンを買ってもらった。

それから、ありとあらゆるアブトの演奏を聴《き》きあさった。

彼《かれ》のプロオケデビューとなったベルリンフィルとのモーツァルトのホルン協奏曲第一番。年齢《ねんれい》に似合わない超絶技巧《ちょうぜつぎこう》と音のフレッシュさが対照的な、十二歳《さい》ならではの演奏だった。パリ管《かん》弦楽団《げんがくだん》で客演した「亡《な》き王女のためのパヴァーヌ」のソロは、慕《した》わしさで涙《なみだ》が出た。ミュンヘン国際音楽コンクールを獲《と》ったときのモーツァルトの第二番は、蝶《ちょう》みたいに華麗《かれい》なソロに聴きほれた。それから去年、モスクワ放送交響楽団《こうきょうがくだん》との、グリエールのホルン協奏曲。出だしのカデンツァは最高だった。ロシアでの凱旋《がいせん》公演ということで、みんなから期待されていたロシアン・ヴィブラートを封印《ふういん》し、むしろ感傷を抑《おさ》えたクールな演奏を見せつけて、またぼくをびっくりさせてくれた。

少しでも彼の音に近づきたいと、必死で練習してここまできた。小学生のときにアブトからもらった雷はぼくの心臓を動かし続け、ぼくは彼と彼の音が好きでいる。

ぼくの心模様なんて知らず、ユースケさんが苦笑《くしょう》する。

「きみって見た目はおとなしそうなのに、プライドが富士山《ふじさん》みたいに高そうだよね。ほんとなら、ここまでこれたことだってすごいことだ。でも音楽家にはそういうの、大事だよ。そのプライド、大事にね」

「……大事にするんですか？　大事にしていいんだ、プライドって」

思わずぼくはつぶやいた。そんなことはじめて言われた。

調子に乗ってる、プライド高いやつって、いまでさえウチの吹奏楽部《すいそうがくぶ》でさんざん浮《う》いてるのに。

——ばかの一つ覚えみたいにオーケストラスタディ《オケスタ》とか協奏曲《コンチェルト》ばっかり練習してさあ。

——大学生とか、プロとかじゃあるまいし。どこで本番吹《ふ》くんだよ、そんなの。

——だいたいウチ、オケじゃなくて吹奏楽《ウインド》だし。

——おまえだったらどこの強豪《きょうごう》高校も推薦《すいせん》ヨユーじゃん。それをさ、中学二年でやめて、現地の学校に編入してジュリアードのプレカレ通うって？　夢見すぎだろ。

——いま五月なの、わかってんのか。課題曲発表されたばっかで、まだ自由曲も決まってないんだぞ。県大会の本選まであと三か月ってときに、ホルンのトップが抜《ぬ》けてどうすんだよ。先輩《せんぱい》から受《う》け継《つ》いだウチの全国大会連続出場記録なめてんのか。

——ちょっと雑誌で紹介《しょうかい》されたりして、調子乗ってんじゃねーの？　元天才児っつったって、ウチですらうまくやれてない、デストロイヤーがさあ。

　頭の中に、これまで部活の先輩《せんぱい》や同学年の連中から言われてきた言葉の数々がよぎる。

　強豪校《きょうごうこう》の吹奏楽部《すいそうがくぶ》って、並の運動部よりよっぽど体育会系なんだ。先生と先輩には絶対服従で、肺活量をきたえるためにミニマラソンもやるし、一日合奏を休んだだけで罪人あつかいされる。コンクール向けの練習を放りだしてアメリカにきたぼくは、あいつらの期待どおりに見事に失敗したというわけだ。

　もうこのまま、ジュリアードの赤い絨毯《じゅうたん》のあちこちについた、バルブオイルのシミの一つになってしまいたい……。どんどんネガティヴの谷間に落ちていくぼくに「口の端《はし》にチョコついてるよ」とユースケさんが紙ナプキンを差しだした。

「そうだ。もうじきアリス・タリー・ホールでジュリオケのシュトラウスやるよ。ちょっとおもしろいソリストなんだ。ぼくもいまからじゃ練習室おさえられないし、よかったらいっしょに聴《き》きにいかないか。きっといい刺激《しげき》になると思うよ」

　ぼくはユースケさんに、ほとんど強引《ごういん》にカフェを連れだされ、同じリンカーンセンターの敷地《しきち》内にあるアリス・タリー・ホールに向かった。全面ガラス張りのおしゃれな建物は、アブトが十五歳《さい》のときにハイドンのホルン協奏曲を客演した、アブトオタクのぼくにとっての聖地でもある。ニューヨークの室内楽の殿堂《でんどう》といわれる名物ホールだ。

入り口でパンフレットを受け取ってホールに入る。すでに客席はほとんど埋《う》まっていた。ユースケさんは、まだ放心しているぼくをグイグイ引っ張って、かろうじて二つ空いていた、真ん中寄り、前から三番目の席に座《すわ》らせた。

「これ、無料《タダ》なんだよ。時々ジュリオケでフリーコンサートやってるんだ。無料っていっても、オケメンバーはオーディション選抜組《せんばつぐみ》だし、一流指揮者も振《ふ》ったりするからお得なんだぜ」

ジュリオケ。ジュリアード・オーケストラの略だ。メンバーには、マスタークラスの学生を含《ふく》むジュリアード音楽院の正規学生の中でも、未来のソリスト、あるいは未来の名門オケの楽団員がそろっている。

チューニングがはじまった。オーボエのA《アー》、つまりラの音にコンマス――コンサートマスターが開放弦《かいほうげん》のA線でまず音程を合わせて、それからほかの弦楽器奏者がコンマスの音に合わせる。弦のチューニングが終わるともう一度オーボエがAを鳴らす。今度は木管、そしてホルンを含《ふく》む金管のチューニングだ。音鳴りの最終チェックをしているティンパニー。フルートはこれから演奏する曲目をさらっているみたい。聴《き》いたことないフレーズだ。

すべての音が引いたあと、舞台袖《ぶたいそで》から指揮者が出てきた。

拍手《はくしゅ》の中、指揮台に上がって一礼してみせた指揮者に、客席のヒートが一気に上がった気がした。アンドレ・コルトーだ。ジュリアードの指揮科でマスタークラスを開いている教授の一人で、一昨年までミラノ・スカラ座でオペラを振《ふ》っていた世界的指揮者。この人が、ジュリオケとはいえアマチュアを振るなんて。

ぼくは入り口でもらったペラ一枚のパンフレットに目を落とした。一番上に「ジュリアード」のロゴ、その下には「オーボエ・ナイト」と書いてある。あとはシンプルに、今日の演目と指揮者、そしてソリストの名前だけがタイプされてあった。

曲はシュトラウスのオーボエ協奏曲と、マルティヌーのオーボエ協奏曲の二曲。さっきフルートがさらってたのはマルティヌーかな。そっちは聴いたことない。しかし、めずらしいダブルコンチェルトとは。まさに「オーボエ・ナイト」というわけだ。

ソリストの名前に、目がとまる。

Ryuju Takasaki……リュージュ・タカサキ？　日本人？　ジュリアードに日本人はめずらしくないけど……。

名前の下に、ジュリアード音楽院プレカレッジ部門の生徒と書いてある。でもプレカレの学生は、正規学生のジュリオケとは別の、プレカレのオケで演奏するはずだけど。ぼくの疑問を読み取ったかのように、ユースケさんがささやいた。

「タカサキ・リュージュ。ドイツ人と日本人のハーフで、何とまだ十四歳《さい》。年齢《ねんれい》の関係で本院じゃなくプレカレに籍《せき》を置いてるけど、特例の奨学金《しょうがくきん》全額つきで本院のコースを自由に取ってる。噂《うわさ》では、ザルツブルクのモーツァルテウム音楽大学から最年少で入学許可が下りて、ジュリアードを蹴《け》ってそっちに行くとか、すでに大手レーベルとレコーディング契約《けいやく》を結んでるとか。……きみがサムライボーイなら、彼《かれ》はモンスターだね」

コルトー指揮のジュリオケをバックにして協奏曲を演《や》る、ぼくと同い年のオーボイスト……。

驚《おどろ》きとやっかみで喉《のど》がひりつく。

お手なみ拝見、という声で、ユースケさんがつぶやいた。

「──さ、ソリストが出てくるよ」


オーボエを手にした独奏者が舞台《ぶたい》に姿を現すと、ひときわ大きな拍手《はくしゅ》が起こった。

タカサキ・リュージュはぼくより少し背が高そうな少年だった。ノーカラーの白シャツにノータイ。すらりとした長い手足をシンプルな黒のスーツに包んでいる。ライトを反射してきらきら輝《かがや》く長めの金髪《きんぱつ》に、つんととがった鼻先。まるで家来でも見るようにオケを見渡《みわた》すお人形めいた横顔を見て、ぼくは思わず声をあげそうになった。

——あ、こいつ。さっき、ホールの客席にいたやつだ。

団員たちがいっせいにドドドっと足踏《あしぶ》みをして、少年ソリストを歓迎《かんげい》する。リュージュはにこにこしているコルトーとがっちり握手《あくしゅ》をしてから、正面を向いて客席に会釈《えしゃく》をした。舞台にソリスト用の譜面台《ふめんだい》はない。彼《かれ》はどうやら暗譜するスタイルの奏者らしい。

すぐにコルトーが指揮棒をかまえ、オーケストラが楽器をかまえる。

オーボエ協奏曲ニ長調ＡＶ．１４４。リヒャルト・シュトラウスが晩年に作曲した管楽器のための協奏曲の一つだ。「美しく青きドナウ」で有名な〈ワルツ王〉ヨハン・シュトラウスにくらべたら、人気や知名度は落ちるけど、ぼくはリヒャルトのほうが断然好き。だから、オーディションのメインとしてシュトラウスを選曲したんだけど……。

第一楽章アレグロ・モデラート。序奏が長いことが多い協奏曲にしてはシンプルに、たった二小節の前奏ののちにオーボエソロが入る。出だしからわずか数小節で、ぼくは思わずホールのうしろを振《ふ》り返《かえ》った。たとえではなく、音が四方からぐるりと回《まわ》り込《こ》んでくるように聴《き》こえたからだ。なんて音の飛びだろう。まるで花びらでできた矢のように、ホール全体に音が降り注いでいる。

のっけから何十小節も繰《く》り返《かえ》される十六分音符《ぶおんぷ》のロングスラーは、溶《と》けたバターみたいにスムーズで、したたるようだ。

くそ上手《うま》い。オーボエは管楽器の中でもダントツにピッチ合わせと指使いがむずかしい楽器なんだけど、複雑なパッセージをいとも簡単に、一つも音程を外すことなく正確なリズムに乗せていく。でもそれだけじゃない。この音色《おんしょく》……。

こんなオーボエの音、はじめて聴《き》いた。高音域になってもまるで音が尖《とが》らない。ゆでたて玉子の表面みたいにつるつるしてて、まろやかで深くて……言いたくないけど、ちょっとエッチ。すごく挑発的《ちょうはつてき》だ。

ピアノやヴァイオリンなんかでは早熟な天才の多いクラシック界だけど、管楽器でこんな十四歳《さい》がいるなんて。

——ちくしょう。

知らず知らず、すごく嫌《いや》なやつに、ぼくはなっている。

音、うらがえれよぉ。

せめて一音くらい、外せよ。外してみせてくれ。何なんだよそのカデンツァ、桜の花が風に散って踊《おど》る。軽《かろ》やかで、艶《あで》やかで。クリームみたいにねっとりオケに絡《から》みつくのに、それでいて絶対に埋《う》もれない。

ぼくが殺してやりたいくらいの気持ちでにらみつけている先、ステージの上で十四歳《さい》のオーボイストはまるで激しい怒《いか》りを叩《たた》きつけるように、しかめっ面《つら》で十本の指をキーに滑《すべ》らせている。

（おまえとぼく、何が違《ちが》うんだよ。……あ、才能か）

こんなにキレながら吹《ふ》く奏者、はじめて見たよ。

ああ、この第二楽章。アンダンテ、歩むように。

第二楽章は、過去の恋《こい》を追憶《ついおく》する歌なんだとぼくは勝手に思ってる。それを、十四歳のオーボイストがさ。しかめっ面のまま、絹糸と同じくらい繊細《せんさい》なp《ピアノ》をホールに響《ひび》かせてる。夕暮れどきのブルーグレーの残光。白い指がひらひらキーを滑り、穏《おだ》やかだけれど、すすり泣くような旋律《せんりつ》を歌い上げる。

途中《とちゅう》で、第一ホルンがほおずきみたいに優《やさ》しくふくらみ、オケの真ん中に甘《あま》やかなC♭《ツェス》をそっと落とす。そこにからみつくオーボエの旋律——うしなわれた恋の面影《おもかげ》との追いかけっこ。ほかの男を選んだ女の子に、ぼくを、ぼくだけを見つめていれば、幸せにしたのに、って。好きな人の、いまにも消えそうな幻《まぼろし》に手をさしのべ、強引《ごういん》に指をからめようとする。でも、一楽章のモチーフを残したオーボエの優《やさ》しい三連符《れんぷ》はその指に一瞬《いっしゅん》触《ふ》れたきり。あとはもう振《ふ》り返《かえ》りもしない。それでも人生はp《ピアノ》で続いてゆく。傷跡《きずあと》のようなクレッシェンド。癒《い》えることのない二本のホルンがはちみつのようなリップスラーでメゾフォルテからディミヌエンド……。

——この曲、だれが吹《ふ》いても、少し寂《さび》しい感じがする。少なくともぼくはこれまで、ずっとそう思っていた。

シュトラウスは祖国から離《はな》れたスイスでこの曲を書いた。流行はとっくに前衛音楽に移り変わっていて、多くの人が彼を終わった時代遅《じだいおく》れの音楽家として考えていた。でも彼は流行に合わせることなく、自分が一番好きな、大時代がかった、ロマンチックな音楽を書いたんだ。

音楽に終わりの足音がよりそっている気がして、それが演奏者の音に出てしまう。それがこのオーボエ協奏曲だと、ぼくは思っていた。

でも、こんな光だけにあふれている幸せな演奏をはじめて聴《き》いた。音の周りに虹色《にじいろ》の火花がきらきら散っているようだ。

なんだよ、こんなのありかよ、って思う一方で、もしかしたらシュトラウスは、こんな音楽にしたかったんじゃないか、そんなことがアタマをよぎる。

純粋《じゅんすい》で、いつか季節や人生に終わりがくるなんてつゆも考えない少女みたいに、ただ輝《かがや》くばかりの音楽を、永遠に続く賛歌を作りたかったのかもしれない。

何もかも忘れて幸せな音楽に身を任せそうになり、ぼくは、くそっと舌打ちした。ひとつわかるのは、リュージュのほうが、ぼくよりリヒャルト爺《じい》さんの近くにいるってこと。

悔《くや》しさのあまり、ポロリと涙《なみだ》がこぼれる。

――いますぐにオケにまじりたい、こいつのうしろで演奏したいと、思ってしまった。

それは、ぼくにとっては何より屈辱的《くつじょくてき》なことだ。友だちすら作らず一日中練習してソリストを目指し、そのためにニューヨークまで来た、ぼくがだよ。オケ奏者として、この曲でいうと二本編成のホルンの一本として、このオーボエを支えたいだなんて。

（ああ、終わっちゃった。グッバイぼくのプライド……）

もう無理だよ。こんなのもう、立ち上がれないよ。

なんて憎《にく》たらしいオーボエなんだろ。なんでぼく、ここにいるんだろう。

第二楽章最後、オーボエソロが三十二分音符《ぶおんぷ》の細かいパッセージを駆《か》け上《あ》がり、息継《いきつ》ぎする間もなく第三楽章に突入《とつにゅう》する。前章とうって変わった快活なヴィヴァーチェ。耳を背《そむ》けたいのに、こいつの音がぼくを離《はな》してくれない。こんなの聴《き》きたくないのに……。心がひたりと吸い寄せられるみたいだ。

気がつくと、満場のアリス・タリー・ホールに割れるような拍手《はくしゅ》が響《ひび》いていた。興奮した観客が口々に叫《さけ》ぶ、ブラボーの嵐《あらし》。

——あ、終わったんだ。

ほっぺたがぬれて冷たい。鼻はぐずぐず。涙《なみだ》、止まらない……。

リュージュ・タカサキは整った顔をなぜかしかめて、客席に向かって一礼した。満面の笑《え》みを浮《う》かべた指揮者のコルトーが彼《かれ》を抱《だ》きかかえると、歓声《かんせい》がいっそう大きくなる。だれが見ても、この名指揮者が、若きオーボイストの演奏を気に入ったことがわかった。

鼻水をブタみたいに大きくすすり上げたとき、リュージュ・タカサキと目が合ったような気がした。それはもう、バチバチっと音がしそうなほどに。

彼は客席からでもわかるくらいあざやかなブルーの瞳《ひとみ》を大きく見開くと、何か独り言をつぶやいた。それから、思案するようにちょっと目を閉じてから、次の曲にそなえて指揮台に戻《もど》っていたコルトーに何事か耳打ちする。コルトーが、ひどく驚《おどろ》いている。困惑顔《こんわくがお》のオケ団員の前で、二人はさらに言葉を交《か》わしているようだ。

「何かあったかな。リードが割れたとか？」

隣《となり》でユースケさんが首をかしげた。

短い言い争い――のように見えた――リュージュは吐《は》き捨《す》てるみたいに何か告げると、そのまま自分の演奏場所である第一ヴァイオリンの前に戻《もど》ってしまった。コルトーは額を押《お》さえてため息をつくと、団員に向かって声をかける。困惑《こんわく》の表情を隠《かく》しもせずに、楽譜《がくふ》の順番を入れかえる団員たちの姿に、客席がざわめいた。

(何だろ……？　曲目の変更《へんこう》？)

びっくりしているのはぼくだけじゃないはずだ。ざわざわしている観客の前で、彼《かれ》は優雅《ゆうが》に一礼する。アタマを上げたとき、またバチバチっと視線が合う。ありえないけど、ぼくに向かって、お辞儀《じぎ》をされた気がした。

コルトーが指揮棒をかまえる。どこか妖《あや》しく、心がざわめくような予感に満ちたストリングス・パートの序奏がひっそりと流れだした。

――「四つの最後の歌」の〈春〉。

シュトラウスの死の一年前に作曲されたソプラノ用の歌曲だ。アンコール用の曲か何かで、急遽《きゅうきょ》曲変えしたのかな？　それに、これ、オーボエでやるの？　ピアノアレンジは聴《き》いたことあるけど、オーボエ用のアレンジは聴いたことない。

三小節後、タカサキ・リュージュのオーボエが歌いはじめる。

黒いシンプルなスーツに身を包んだ彼《かれ》の姿が、周りの大人と変わらないほど大きく見える。そう錯覚《さっかく》するほどに伸《の》びやかで艶《つや》っぽい音だった。

鬼連符《おにれんぷ》や複雑な装飾《そうしょく》音符に慣れたオーボエ吹《ふ》きにすれば、ゆっくりとした、シンプルすぎるフレーズ。だからこそ本来の音色《おんしょく》が冴《さ》えわたる。

幸福ばかりに満ちたオーボエ協奏曲とは違《ちが》って、聴《き》く者を、穏《おだ》やかだけど底が見えない湖に引《ひ》きずり込《こ》むようなすごみを感じる。「四つの最後の歌」は、迫《せま》りくる人生の終わりを見すかしたように、シュトラウスが死を想《おも》いつつ作曲した歌だ。その内容のとおりに、タカサキ・リュージュの音楽は、ぼくに絶望をもたらす。春とは名ばかり、命を刈《か》りとる死神のように。

(モンスター……)

もう限界だ。死神の鎌《かま》がアタマにはっきりと浮《う》かんだところで、ぼくは奥歯《おくば》をかみしめて勢いよく座席から立ち上がった。

これ以上聴いていても、自分がみじめになるだけ……。

その瞬間《しゅんかん》、これからの人生で何度となく思いだすであろう、最悪の、信じられない出来事が起こった。

タカサキ・リュージュは立ち上がったぼくを見ると、演奏を止めた。文字どおりリードを唇《くちびる》から外し、オーボエを下ろしたのだ。客席にざわめきが広がる。

ソリストに仰天《ぎょうてん》した顔を向けながらも必死に振《ふ》り続けるコルトー。混乱のまま演奏し続けるしかないオケ。それらすべてと世の中の常識をあざ笑うかのごとく、ヒステリックな少女みたいに紅潮した顔でにらみつけている――ぼくを。

「――だれにことわって、途中《とちゅう》で席立ってんだテメエ!!」

オケをかき消さんばかりの大声でそうどなると、彼《かれ》はスーツのポケットからちょうど小指くらいの高さの小さな筒《つつ》を取りだす。たぶん、予備のリード入れ。日本語上手だな、と感心する間もなく、野球選手みたいにきれいなフォームでそれを投げつけた――ぼくに。

リード入れはまっすぐ、ぼくのおでこにクリーンヒット。

おでこから顔にダラダラと水が垂れて、喉《のど》まで伝っていく感触《かんしょく》が夢にしてはやけにリアル。

そっか、オーボエの水入れだったんだ。そうですよね……。オーボエ吹《ふ》きはいつもリードの水入れを持ち歩いてる。リードが乾燥《かんそう》したら困るもんね……。

「と、トオミネくーん!!」

ユースケさんの動揺《どうよう》しきった叫《さけ》び声《ごえ》がどこか遠くで聞こえる。

(あ、死んだ……)

全身からふっと力が抜《ぬ》ける。日本を発《た》ってからこっち、緊張《きんちょう》とプレッシャーでボロボロになっていた神経が今度こそぷつりと切れた。もういいや。ぼくは、直視したくないものいっさいから逃《に》げてしまうことにして、そこできっぱりと意識を失った。

そうしてぼくは、名門アリス・タリー・ホールの創設以来、はじめてリードの水入れをアタマにぶつけられた男になったのだった。

第二楽章

ディスペラート——絶望して

『……もう、あのあと大さわぎだったんだよ。コルトー指揮の協奏曲でソリストが客席に水入れ投げつけるなんてさあ。箝口令《かんこうれい》がしかれちゃって、学外のメディアには出なかったけど、学内誌のジュリアード・ジャーナルに小さく載《の》ってたよ。タングルウッドの奇跡《きせき》ならぬアリス・タリー・ホールの悪夢とかいって。コルトーもカンカンらしいよ、もう最高』

あのときのことを思いだしたのか、パソコン画面の向こうでユースケさんがゲラゲラ笑う。ぼくはいますぐにSkype《スカイプ》のビデオチャットを切断したくなった。

いまは昼の十一時、ニューヨークは夜の十時ごろのはずだ。ぼくは、自宅二階の自分の部屋で、机に広げたノートパソコンの前で頬杖《ほおづえ》をついていた。机には学校の教科書やノートも出してあるけど、勉強なんてちっとも進んでいない。姉の祭利《まつり》に借りたノートパソコンの画面には、トレーナーの上下というラフな格好をしたユースケさんの顔が大写しになっている。

あのアリス・タリー・ホールでの、まさに悪夢のような出来事の翌日にニューヨークを発って、ぼくは日本に帰ってきていた。今日は、帰国の翌日の日曜日だ。明日からは、準備も入れて五日間も休んだ学校に戻《もど》ることになっている。

ぼくが気を失ったあと、ユースケさんは救護室につきそってくれ、三十分後に意識を取り戻したあとも、すごく心配してホテルまで送ってくれた。水入れをぶつけられたことより、極度の緊《きん》張《ちょう》が倒《たお》れた原因だったらしいんだけど。日本に戻る日も、わざわざホテルに迎《むか》えにきてくれて、空港まで車で送ってくれたんだ。どうも、あのオーボエ・ナイトにぼくを連れていったことを少しは悪いと思っているみたい。

いまだって、心配してわざわざ国際電話を家にかけてくれた。電話代が申し訳ないからこっちから無料のビデオ通話に切《き》り替《か》えてもらったんだけど。

ぼくは液晶《えきしょう》画面の前で、両手で顔をおおった。

「やめてくださいよ……。忘れたいんですから」

ちなみに、タングルウッドの奇跡《きせき》っていうのは、昔タングルウッド音楽祭で、ジュリアードの生ける伝説であるヴァイオリンの五嶋《ごとう》みどりが残した有名なエピソードのこと。

ボストン交響楽団《こうきょうがくだん》演奏、レナード・バーンスタイン指揮「セレナード」の演奏中にE線《エーせん》が二度も切れたにもかかわらず、そのつどコンマスと副コンマスのヴァイオリンに持ちかえて、ついには全楽章を弾《ひ》ききった。奇《く》しくも、五嶋みどりはこのとき十四歳《さい》。比べるのもおこがましいけど、ジュリアードのプレカレに落ちたうえ、アリス・タリー・ホールで失神したぼくは、間違《まちが》いなく、五嶋みどりの楽器についてる松ヤニかすにも劣《おと》るだろう。

ぼくにとって、あの〈オーボエ・モンスター〉タカサキ・リュージュは今後二度と顔を見たくない演奏家リスト、永久不動のナンバーワンになっていた。

『はは。インパクトも才能のうちだよ』

適当なことを言って笑い涙《なみだ》をふいているユースケさんも、日本に帰ってからネットで検索《けんさく》してみたら、新進気鋭《しんしんきえい》のピアニストだった。名前は桂木雄介《かつらぎゆうすけ》さん、二十四歳。日本で一番入るのがむずかしい音楽学部といわれる東京藝術《とうきょうげいじゅつ》大学音楽学部の大学院を休学して、ジュリアードに留学しているらしい。いわゆるエリートコースってやつだ。

『明日から学校なんだろ？　たしか中間テストがじきにあるって言ってたね』

「……じつは明日から……」

『えっ、マジか。勉強しなよ！』

自分のことのようにあせりだすユースケさんにぼくは、このあとやります、と苦笑《くしょう》した。

『大変だなあ。吹奏楽《すいそうがく》コンクールの県大会もがんばれよ。予選あるんだっけ』

「いえ、うちシード校なので本選から……です。八月ですけど」

『そっか。吹奏楽のことは畑違《はたけちが》いで、わかんないな』

学校のことを話すときのぼくの歯切れの悪さに気づいたのだろうか、ユースケさんはさっさと話題を切り上げてくれた。

『じゃ、また何かあったら遠慮《えんりょ》しないで連絡《れんらく》して。メアドは教えたよね』

「はい。……あの、ユースケさん。本当にありがとうございました。あの、色んなこと……お世話になりました」

いいよ、おれも久々に息抜《いきぬ》きできた——と笑うユースケさんは最後まで優《やさ》しい。画面の向こう、ビデオ通話の接続を切ろうとマウスを動かしかけたユースケさんが、ふとこっちを見た。これまでで一番真剣《しんけん》な顔をしている。

『——カナデくん。本気で音楽で食っていきたいんだったら、こっからが勝負だぞ。おれだってピアニストとしてまだまだ道は遠いんだ。おたがい、がんばろうな』

何て返せばいいのか迷っているうちに、ユースケさんは今度こそ接続を切ってしまった。ぼくは、パソコン画面をいつまでもぼんやりと眺《なが》める。

ユースケさんもオーディションが近いから、このあとまた学校の練習室に戻《もど》って真夜中まで練習するんだって。ジュリアードってやっぱり、そういうところ。音楽のことしか考えなくていい場所。そんな時間まで練習できるなんて、いいなあ……。

——きみの音ね——愛がない。

アブトの残酷《ざんこく》な言葉が脳裏《のうり》によみがえる。

ぼくは、あれほどあこがれていた人に自分の音を、音楽をまるごと拒絶《きょぜつ》された。

自分に、アブトやリュージュ・タカサキほどの才能がないことはわかっている。

でもあのシュトラウスには、ぼくなりの愛を込《こ》めたはずだった。楽器への愛、作曲家への愛、音楽への愛、そして小学生のころからあこがれ続けたアブトへの愛。そのどれ一つとして、認められることはなかったけれど。

ああまで言われたら、もうアブトに教わることはできないだろう。生まれてはじめて、心から望んだ道を絶たれたぼくに、どんな勝負が残っている？

慣れない英語のウェブサイトを必死に調べたおして、親に何度も説明して、土下座までしてお願いして、秋から単身留学することに同意してもらった。

ジュリアードのプレカレは基本的に土曜日だけだから、あとはあっちの中学校に通いながら、週に何日か必要な個人レッスンや追加のプレカレのクラスを取ることにして。中学の先生たちも最初は反対したけど、それほど行きたいならということで、アメリカの中学への転入手続きを手伝ってもらえることになっていた。

それもこれもすべて、ジュリアードのプレカレに合格するのが前提だったというのに。

……これからどうすればいいんだろ、ぼく。

いま一階でお昼ご飯を作っている母さんも、テレビを見ている父さんも、ジュリアードに落ちて日本に戻《もど》ってきたぼくに厳しい言葉はかけなかった。ぼくが音楽の道に進むことを一番理解してくれている父さんなんて、がっかりしているだろうに、「今回は残念だったな」と言うだけだった。母さんは、ほっとしたように肩《かた》の力を抜《ぬ》いたくらいだ。姉のマツリだけは鼻で笑ったけど。

これからのことは、だれとも、まだ何も話し合えていない。

深いため息をついたとき、部屋のドアが勢いよく開いた。マツリだった。

「ねえ。パソコンもういいの？　早く返してよ」

「あ、うん。ごめん」

ぼくはあわててパソコンをスリープにし、液晶《えきしょう》画面をたたんでマツリに差しだした。マツリは何も言わずに、ひったくるように受け取る。

マツリは、ぼくと三つ違《ちが》いの高校二年生。自転車で二十分の距離《きょり》にある県立春日丘《かすがおか》高校でバレーボール部に入っている。ショートカットで、ぼくより背が高くてひょろりと手足が長い。母さん似で女顔のぼくと違って、シャープな顔だちが父さんにそっくりだ。春日丘高校《かすこう》のバレー部も県内強豪校《きょうごうこう》だから、レギュラー争いが厳しいらしく、最近いつもイライラしているみたい。小学校の間はまだ仲がよかったけど、ぼくが中学に上がってからはほとんど口を利《き》くこともなくなっていた。

パソコンを受け取ってすぐに自室に引《ひ》っ込《こ》むかと思ったら、マツリはそのままドアをしめて、壁《かべ》にもたれかかっている。何だろう。挑発的《ちょうはつてき》にこっちをにらんでいる視線に耐《た》えきれなくなって、口を開いた。

「……何か用?」

マツリは唇《くちびる》をうす笑いの形にゆがめると、ほっそりした首を傾《かたむ》けた。

「あんたさ、まだ音楽やめないの?」

「え……」

「アメリカ留学。ダメだったんでしょ」

——とんでもないところから爆弾《ばくだん》が降ってきた。

ぼくは内心冷《ひ》や汗《あせ》をダラダラかきながら、平静をよそおった。やばい、泣きそう。

「うん、まあ……そうなんだけど」

「それでも続けるの、ホルン」

絶句。正直何も考えていない。でも、ぼくは全国吹奏楽《すいそうがく》コンクールで金賞常連校の習志野《ならしの》付属中でホルンのトップをやってて、いまは五月で、県大会の本選は八月。正直、ぼくの意思にかかわらず、とるべき針路は決まってるようなものだ。

でも、これからどんな気持ちでホルンを吹《ふ》けばいいのか——。急に現実を突《つ》きつけられたぼくが答えをひねりだす前に、マツリがさらに十トントラックで突っ込《こ》んでくる。

「小山田《おやまだ》さんとこのレッスンはどうすんの」

ぼくは近所の管楽器専門店でホルンの個人レッスンを受けている。小学生のときのブラスバンドクラブの指導者だったヒゲクマこと小山田先生の店だ。

部活で個人練習できる時間はかぎられているし、そもそも音の大きなホルンは、防音設備のないふつうの家では練習しにくい楽器だ。時間的にもスキル的にも、独学ではとてもジュリアードを受験するレベルにまで上達できなかっただろう。

「うん、レッスンは続けるよ」

「ふーん。さすが、天才様はノンキなもんだね。あ、元天才だっけ」

悪意という名のプリンにカラメルがわりの嫌味《いやみ》をたっぷりかけて、マツリがほほえむ。目が少しも笑っていない。理由はわからないけど、ものすごく怒《おこ》っている。

「ね。あんた、なんでアメリカ行ってまで楽器やりたいの？　国内で部活レベルでやるだけだったら、そんなお金もかかんないでしょ。なんでニューヨーク？　いまから音楽留学なんかしちゃったら、日本の大学行くのも、就職だって、不利になるだけじゃん」

喉《のど》がカラカラに渇《かわ》いている。捕虜《ほりょ》になって厳しい尋問《じんもん》を受けている気分だ。どう答えるのが正解？　どうやったらこの場を切《き》り抜《ぬ》けられる？　ぼくはマツリほど口が回らないから、答えがわからない。少し迷ってから、正直に答えることにした。

「……ぼくは、世界一のソリストに教わって、自分も世界で通用するソリストになりたい……。日本《ここ》じゃ、雷《かみなり》が落ちてこない……ぼくが鳴らしたい音が、ない、から」

「雷ねえ。また、あんたのそーゆーやつか」

「…………」

「あんた、本ッ気でわかってないみたいだから、教えたげる」

マツリがばかにしたようにハンッと笑う。

「さて問題です。これまであんたの楽器代、レッスン代、貸しルーム代、メンテ代、演奏会のチケットノルマ、遠征費用《えんせいひよう》、受験費用……いったいいくらかかってるでしょう。今回の旅費だって。あんた一人だけ、そんなことといつまでも許されるとか、本気で思ってる？」

「急に、なんで、そんなこと」

「いまウチ、そんな状況《じょうきょう》じゃないから言ってんの」

マツリが低い声で吐《は》き捨《す》てる。

うちの家は三代前からこのあたりで酒屋をやっている。婿養子《むこようし》の父さんに経営がバトンタッチされてから、事業を拡大して、習志野市と千葉《ちば》市で大型酒販《しゅはん》ディスカウント店を三店舗《てんぽ》、お酒を充実《じゅうじつ》させたコンビニエンスストアを二店舗経営するようになった。自分で言うのも何だけど、うちはぼくが物心ついたころから羽振《はぶ》りはいいらしくって、進路でも音楽でも、何かをがまんしなくちゃいけない状況は一度もなかった……これまでは。

マツリはささいな表情の変化も見逃《みのが》すまいと、舌なめずりでもしそうな表情でぼくの顔を凝視《ぎょうし》しながらつぶやく。

「コンビニにした二店舗目あるじゃん。あそこ、売り上げ悪化で来月でつぶれるのよ。それだけじゃない。鷺沼《さぎぬま》の大型店も赤字でもうだめらしいよ」

「――会社、うまくいってたんじゃなかったの」

「いつの話してんの？　こないだ、うちにきたコンビニのスーパーバイザーに聞きだしたんだから間違《まちが》いない。はっきり言うと、うち、倒産《とうさん》ぎりぎりなの。かなりの借金抱《かか》えてるらしいよ。あんた、借金のことなんて知らなかったでしょ」

黙《だま》り込《こ》んでしまったことで、マツリは答えがわかったみたいだ。獲物《えもの》をとらえた肉食獣《にくしょくじゅう》みたいな表情で、ゆっくりと目を細めた。

「あたしは気づいてたけどね。母さんも父さんも、あんたには何にも言わない。昔っからそう。カナデはまだ子どもだし、才能あるんだから、好きなことやればいいって。あたしなんか、大学行くなら国公立以外は無理って泣きつかれてんのにさ。……父さんはあんたにだけ甘《あま》すぎんのよ。若いころ、自分がザセツしてるからって」

ねえ、知ってた。マツリは小首をかしげると、にっこり笑《え》んだ。

「――借金、あんたの音楽費用のためだよ。ジュリアードなんか受かっても、借金が増えるだけだったってわけ」

五月だというのに、カーペット張りの床《ゆか》が急に冷え込んだ気がした。

「……うそだろ……」

やっと口からでた言葉はひどくかすれていた。机のそばに置いたホルンケースに無意識に目が向いた。ぼくがプロのソリストを目指してホルンを続けていくために、本当に父さんたちが借金をして、そのせいでいま苦しんでいるとするなら。ぼくは……。

「でもさ、あんた、落ちたんでしょ。ジュリアード」

マツリはゆっくりとした口調でつぶやく。

「才能、なかったんだね」

低い声音《こわね》でそう言い放ったマツリの顔は、これまで見た中で一番意地悪だった。でもね、マツリ。本当のことを言っても悪口にはならない。

「うん。……なかったよ」

ぼくの答えに、マツリはぎゅっと顔をゆがめた。

「……母さんが、チャーハンできてるってさ。早く降りてくれば」

リビング兼《けん》ダイニングにあるテーブルでは、日曜だというのにコンビニの制服にネクタイという店長セットに着替《きか》えた父さんと、ぼくより先に降りていたマツリがそろってチャーハンを食べていた。カウンターキッチンの向こうで、母さんが漬物《つけもの》か何かを切っている。ぼくがテーブルに着くと、「遅《おそ》かったわねえ」と母さんがのんびり声をあげた。

和食恋《こい》しかったでしょ、なんて明るい声で聞いてくる母さんに、ぎこちなく「そうでもないよ」と答える。ねえ滞在《たいざい》したのたった二日だよ、とか、チャーハンって中華《ちゅうか》じゃん、とか。飲《の》み込《こ》んじゃう言葉、合わない視線。完全に、気をつかわせている。

「そうだ。中条《なかじょう》さんちのシューコちゃん、朝のうちに学校のプリントとノート届けてくれたわよ。あなたまだ寝《ね》てたから、言い忘れてた、ごめんね」

「いいよ、そんなの」

鮭《さけ》レタスチャーハンをざりざりと飲み込む。父さんが制服を着てるってことは、これからどこかの店の応援《おうえん》に入るってことだ。そういや最近、週末や祝日でもそういうことが増えていた気がする。バイトの休みが多いのかな、くらいにしか思ってなかったけど……。人件費ってやつ、削《けず》るために自分が入っているのだろうか。マツリは無言だ。

父さんが手元のスプーンから目線を上げないまま口を開いた。

「奏《かなで》。明日から学校だろ」

「……うん」

「コンクールの練習もはじまってるんだろ。色々言われるな」

「うん。平気だよ、何言われても」

ウソです。昨日帰国してからすでにトイレのお世話になりっぱなしです。ぼくがストレスに弱いことを家族は知ってるけど、そんなこと、この状況《じょうきょう》で言えるわけないよ。母さんはもの言いたげにちょっと眉《まゆ》をひそめて、麦茶をついでくれる。

父さんが、疲《つか》れたように息を吸ってふーっと吐《は》いた。

「――おまえは、周りのことは気にせずやりたいことをやれよ。父さん、応援《おうえん》するからな。何としてもやりたいことがあるっていうことが……情熱をひたむきに傾《かたむ》けられるってことがどんなに幸せか、おまえも大人になればわかる。おまえは音楽ですごい才能、あるんだから」

うつむいたまま、そうつぶやく父さんに、ぼくは一言も発せなかった。スプーンをやたらカチャカチャ言わせながらチャーハンを食べていたマツリが、父さんを、そしてぼくを冷えきった目で見ている。父さんは、お店がうまくいっていないことをぼくが知らないと思っているんだ。

父さんのふるさとは鳥取《とっとり》だ。青年のころ、写真家を目指して田舎《いなか》から上京したらしい。偉《えら》いアーティストの弟子《でし》になって何年かがんばったけど、芽がでなくて、結局そのまま東京で出会った母さんと結婚《けっこん》して、千葉の母さんの実家にムコ入りして商売を継《つ》いだんだって。

ぼくは、押《お》し入《い》れにしまわれたきりの古い一眼レフを思いだした。

父さんは昔知ってたの、ひたむきな情熱を。

——父さんは捨てたの。情熱を。

食べたばっかりだというのに、胃の中のもの全部吐《は》きだしたい。いますぐトイレに駆《か》け込《こ》みたいところを、Ｔシャツの胸元《むなもと》をぎゅっとつかんでこらえる。

いま思えば、ぼくがジュリアードに落ちたと聞いてどこか安心したようだった母さんの目の下に、疲《つか》れきったクマが浮《う》いていなかったか？　最近父さんの笑った顔を見たことあったか？

自分のことにばかり夢中で、周りを少しも見ていなかった。

……無理だ。こんなの、背負えないよ。父さんの期待も、マツリの怒《いか》りも、もちろん経済的なことも、ぼくには背負えない。もしぼくにできることがあるとするなら……。

ぼくはチャーハンを半分ほど残してスプーンを置いた。

「……ごちそうさま。ぼく、夕方まで小山田先生のとこで練習してくるから」

試験勉強なんて、とても手につかない。

やっぱりホッとしたような、困ったような顔で、母さんが「そう」とつぶやいた。

取っ手に成田空港《なりたくうこう》行きの荷物タグがぶら下がったままのホルンケースから、軽くて持ち運びしやすいソフトケースに楽器を詰《つ》めかえる。本棚《ほんだな》から適当にエチュード集を選んで引っつかみ、逃《に》げるように家をでた。

ひと雨きそうな曇天《どんてん》だった。家から京成津田沼駅《けいせいつだぬまえき》方面に向かって自転車で十分。肩《かた》からソフトケースをかけた格好で、ひたすらペダルをこぐ。

管楽器販売《はんばい》リペア専門店「アインザッツ」は住宅街のど真ん中にある。売れ筋の初心者向けアルトサックスや、トランペットが飾《かざ》られたガラスショーケースが目につく、ごくふつうの楽器屋だ。アインザッツがすごいのは、中身のほう。楽器購入時《こうにゅうじ》のアドバイスや購入後の楽器のメンテはもちろん、多少のベルのヘコみくらい音色《トーン》も変えずになかったことにしてしまうリペア職人さんの腕《うで》、そして名物オーナーでぼくのホルンの師匠《ししょう》でもある小山田先生の経歴も半端《はんぱ》じゃない。

本当は日曜日は定休日なんだけど、小さいころから出入りしているよしみで、休みでも先生が店にいるときは試吹用《しすいよう》の防音ルームを使わせてもらえる。そして、寝《ね》ても覚めても音楽漬《づ》けの先生はいつ行ってもだいたい店にいた。

なじみのカウベルを鳴らして扉《とびら》をくぐると、バルブオイルと金管楽器の管を洗浄《せんじょう》するソープが混じり合ったニオイがつんと鼻をつく。

店に入ってすぐの壁面《へきめん》ショーケースには新入荷《しんにゅうか》したおすすめの管楽器が展示されている。奥《おく》の部屋は、値段の張る上級者向けの管楽器を並べてある、ぼくお気に入りの部屋。小学生のころ、きらきらした金管のイエローブラスの輝《かがや》きや、クラリネットやオーボエの落ちついた深い墨《すみ》色《いろ》によく時間を忘れて見入っていたっけ。コーンの〈アブトモデル〉を取り寄せてもらったのもこのアインザッツだ。レッスンがない日でも毎日のように店に通ってくるぼくに、プライベートで持っている膨大《ぼうだい》なクラシック音楽のＣＤを、二階にある資料室で片っぱしから聴《き》かせてくれた。

ソープの匂《にお》いがすると思ったら、小山田先生は、カウンター前にバケツを出して、この間買い取りになったヤマハの中古ホルンの洗浄をしていた。ホルンの管は長いうえにぐねぐね曲がりくねっているから、パンツにゴムひもを通すみたいにして、ブラシが先についた細いコードで管の中を洗うんだ。

まるで子どもをお風呂《ふろ》に入れるみたいに熱心に楽器を洗っている姿を黙《だま》って見つめていると、ぼくにやっと気づいたみたいに、小山田先生がおっと声をあげた。先生、またヒゲが伸《の》びっぱなしになってる。

「……うわ、今日はいちだんとすごい顔しとるな。また吐《は》いてしもたんか、カナ」

ぬれた指先で眼鏡のツルを上げながら、やわらかい関西弁で開口一番にそう言った。ヒゲ面《づら》でかっぷくがいいのは昔から変わらない。

ヒゲクマこと、小山田明《あきら》先生は、京都の人でユースケさんと同じ東京藝大出身。かつてベルリンフィルでホルン協奏曲をソリストとして客演した唯一《ゆいいつ》の日本人ホルニストなんだ。日本屈指《くっし》のプロオケである日本フィルハーモニー管弦楽団《かんげんがくだん》に所属してたんだけど、四十代半ばでなぜか現《げん》役《えき》引退してこのアインザッツを開店し、地元の学校でブラバンセミナーを開いたり、たまに現役時代の仲間といっしょに「習志野ブラスターズ」という金管八重奏アンサンブルグループでミニコンサートを開いたりしている。

ちなみにアインザッツというのは、音楽用語で音の入りのことだ。有名なベートーヴェンの「運命」でジャジャジャジャーン！　といっせいに鳴らすとき、アインザッツをそろえると言ったりする。小山田先生の、音楽の八割はアインザッツで決まるという信念が、お店の名前になった。オーディションでアブトがぼくの音の入りをほめてくれたのも、初心者のころから先生が徹《てっ》底的《ていてき》に仕込《しこ》んでくれたからだ。

小学校のブラバンで浮《う》きまくっていたぼくを、巧《たく》みなリードでメンバーと合奏できるようにしてくれたのも、小山田先生。シューコを含《ふく》め、小学校のバンドメンバーは先生の指導のおかげでめきめき上達して、何人かは中学でも本格的にブラバンやってるらしい。

「オーディション、そないあかんかったか」

ずばり突《つ》いてくる先生の言葉に、ぼくは黙《だま》ったままうなずいた。先生には、オーディションの当日にプレカレを落ちたことを電話で伝えてある。でもぼくがこんなに落《お》ち込《こ》んでいるのは、オーディションのことだけじゃない……。あいかわらず言葉で伝えることが苦手なぼくに、先生は軽い笑《え》みを浮《う》かべてうなずいてくれた。

「まあええわ、吹《ふ》きにきたんやろ。おまえ、落ち込んでるときほどエエ音だすからな。午後いっぱい店におるから、何時間でも吹いていき」

ひどい言われ方。でもほんの少しだけ気分が軽くなる。ぼくはお礼を言うと、置かせてもらっているマイ譜面台《ふめんだい》とメトロノームを用意して防音ルームに入った。

二畳《じょう》くらいしかない狭《せま》い防音ルームで、パイプ椅子《いす》を引き、足もとにメトロノームとツバ捨て用のぞうきんを置いて、譜面台を立てる。譜面台には音程をチェックするチューナーと、マッピを拭《ふ》くためのハンカチを置く。それから、白銀色のホルンをしっかり抱《だ》いて座《すわ》った。

この小さな防音ルームが、ぼくが世界で一番落ちつく場所だ。これまでどんな悩《なや》みがあっても、ここで独り練習さえしていれば何もかも忘れることができた。

マウスパイプにマッピをはめて、息をふーっと通すと、長い管の奥《おく》からたしかな圧が押《お》し返《かえ》してくる。よう相棒、なんて声が聞こえてきそうなほど。ぼくの友だちはこいつだけ。

譜面台《ふめんだい》にチューナーを置くのは儀式《ぎしき》のようなもので、電源スイッチは入れない。ぼくにはほとんど必要のないものだからだ。

ホルンの基音となる実音F《エフ》から上のFまで軽くオクターブを駆《か》け上《あ》がったあと、メトロノームをテンポ60にセットしてロングトーンをはじめる。

ロングトーンっていうのは、管楽器奏者が曲をさらう前にたいていやるウォーミングアップ兼《けん》基礎練《きそれん》のこと。ぼくの場合はゆっくりのテンポに合わせて音を八拍《はくの》伸ばして、四拍休み、また次の音を八拍伸ばす。その繰《く》り返しを、高音、低音それぞれのロングトーンを合わせて最低でも四十分くらいはやる。

休みの四拍の間、目を閉じて、音のイメージをする。アンブシュアを固めて、出したい音にふさわしい空気《アパチュア》の通り穴が作れるように注意をこらし、深く息を吸ってマッピに息を当てた。メゾピアノで。

優《やさ》しい雨音をイメージしたのに、ベルから出たのは灰色のコンクリートだった。ぼくって、ホントにわかりやすい。

苦手にしている低音のロングトーンを終えて、コプラッシュのエチュードに移る。今日は十三番から。壁《かべ》かけ時計を見ると、いつの間にか、防音ルームに入ってから一時間半がたっていた。

自分が表現したいイメージのまま音を再現し、フレーズを組み立ててゆく作業は、パズルにも似ている。それでいてどんなパズルよりも魅力的《みりょくてき》で、刺激的《しげきてき》だ。

少し固めのアタックをきかせて、今度は赤いチューリップを咲《さ》かせる。はじめは蕾《つぼみ》、メゾフォルテからクレッシェンドさせて、フォルテで開花――。

目を閉じて、うっとりと音のイメージを追う。

ぼくは音の世界に浸《ひた》る。物心もつかないころから、音楽はぼくに寄《よ》り添《そ》っていた。最初は音が怖《こわ》いばかりだった。楽器を手にしてからは、音楽がぼくの脊髄《せきずい》を支えてくれた。小学生のころは、もっと耳がよくて、もっと音に敏感《びんかん》だった。雷鳴《らいめい》や鳥のさえずりが音階で聴《き》こえた。音のそろわないバンドで演奏することは体が拒否《きょひ》した。

ほとんどの人が持たない才能は、ぼくをよくも悪くも特別にしてくれた。

でもそんなきれいで不思議な世界は、成長するにつれ少しずつぼくから失われていった。

気がつくとぼくは、特別な子じゃなくて、ただの楽器の上手《うま》い子になっていた。

……でもこの小さな防音ルームでは、ぼくはまだほかのだれでもない、特別なトオミネ・カナデでいられるんだ。だれに邪魔《じゃま》されることもない。だれが無遠慮《ぶえんりょ》に踏《ふ》み込《こ》んでくることもない。

ここでマウスピースにキスをするときだけ、ぼくは息ができる。


ホルンほど美しくて特別な楽器はブラバンにもオーケストラにもない。

優《やさ》しく丸まった形もすてきだし、そよ風みたいに柔《やわ》らかいピアニッシモから嵐《あらし》の雷鳴《らいめい》みたいに猛々《たけだけ》しいフォルティッシモまでお手のもの。変幻《へんげん》自在で多彩《たさい》な音色が持ち味で、金管楽器でありながら木管アンサンブルにも入る唯一《ゆいいつ》の楽器。

このホルンで正真正銘《しょうしんしょうめい》のソリストになるのだと。あの全長六メートルの、完成された迷路《めいろ》みたいに曲がりくねった金属管を限界まで鳴らして、オーディエンスの心をぶち抜《ぬ》いてやるのだと、ずっとそう思ってきた。ヘルマン・バウマンやバリー・タックウェル、そしてあのレオニード・アブトがいつだってそうしてきたように……。

でも現実はそんなに甘《あま》くない。

小山田先生のレッスンは一回四十分で五千円。これでも、実績あるプロの管楽器奏者に払《はら》う個人レッスン代としては破格の安さなんだ。そのレッスンを、これまでぼくは何の考えもなしに月に最低でも四回、コンクール前や今回のジュリアード受験前はもっと集中的に受けてきた。

——父さんも母さんも、もうずっと前から無理していたのかもしれない。

音楽を真剣《しんけん》にやってるやつの親って、やっぱり真剣な人が多くて、大変なお金と時間を子どもに使う。ジュリアード出願の説明をエージェントに聞きにいったときに知り合った山田《やまだ》さんちなんか、何とぼくより五つ年下の九歳《さい》で、三歳のころからヴァイオリンをやっている。お母さんはレッスンの付《つ》き添《そ》いはもとより、お中元お歳暮《せいぼ》の先生への付け届けや、先生主催《しゅさい》の合同コンサートのチケットさばきも何のその。そんなの当然って家庭や母親だけが、ジュリアードへの音楽留学なんてことを考える。

エージェントいわく、最近増えている中国や韓国《かんこく》からの留学生なんて、子どもの音楽教育のために移民してくるなんてのもめずらしくないらしい。

同じ説明会に行ったけど、付き添ってくれたうちの母さんは「何だか、わかんないわねえ」と言ったきり、願書とエッセイの添削《てんさく》だけエージェントに任せることにした。ぼくに音楽を勧《すす》めたわりに、ホルンのF管《エフかん》とB♭管《べーかん》の違《ちが》いどころか、ト音記号とヘ音記号の違いすらよくわかっちゃいない、うちの母さん。

ぼくに音楽を本格的にやらせてくれるために借金までしてるのを知って、小山田先生のレッスンを続けることはできない……。もちろんお金のかかる音楽留学なんて、もってのほかだ。大学進学はまだまだ先だけど、マツリだって国公立にいけと言われているのに、ぼくだけ音大進学ってわけにもいかないだろう。

何より、まったくレッスンを受けずに、独学でどこまで上達できるんだろうか？　ぼくくらいの歳《とし》でも、個人コンクールに出てくるような奏者でレッスンを受けていないやつのほうがめずらしい。レッスンなしじゃ、とうていあのシュトラウスは吹《ふ》けなかったっていうのに。——ぼくはもう、この先にはいけないんだろうか。

コプラッシュのエチュード集をホルンケースの楽譜《がくふ》入れにしまって、持ってきたオケスタのページを投げやりな気持ちで開いた。たまたま開いたページは、なんてこった、チャイコフスキーの交響曲《こうきょうきょく》第六番ロ短調「悲愴《ひそう》」。こんなところまで、ぼくの気分に合わせてくれなくてもいいのに。しかも第三楽章だって。

自分の目がすわったのがわかる。ぼくは息を大きく吸《す》い込《こ》むと、荒《あら》ぶるホルン吹きと化した。今日はじめての、本気の大音量。コーンの全身がびりびり震《ふる》えているのが、ベルを支える右手を通して伝わってくる。ベルから吹き抜《ぬ》ける息が、インフルエンザにかかったときみたいに熱い。

第一楽章、鎮魂歌《レクイエム》のように沈痛《ちんつう》なファゴットのソロからはじまり、弱まってゆく鼓動《こどう》を模したコントラバスのピッチカートで終楽章を締《し》めくくるこの「悲愴《ひそう》」ほど、聴《き》いていて気分が落《お》ち込《こ》む曲はない。チャイコフスキーが持ち前の根暗さと泣きっ節を爆発《ばくはつ》させた遺作で、全体的に死を濃厚《のうこう》に思わせるつくりとなっている。

でも第三楽章だけは、別世界。金管、打楽器パートが舌なめずりしそうなかっこいいｆｆｆ《フォルティッシシモ》のオンパレード、やたら勇壮《ゆうそう》で威勢《いせい》がよくってハデハデしい、本気で冗談《スケルツォ》みたいな大行進曲。これのどこが「悲愴」なんだよと常々思っていたけど、いまならわかるよ。悲惨《ひさん》なのも度を越《こ》しちゃうと、ヤケのやんぱちで、馬鹿《ばか》さわぎしたくなるってこと。この楽章って、負傷兵のケツをさらに蹴《け》り飛ばして無理やり戦場に送り込もうって曲だよね。最悪だよ。

しかもチャイコフスキーだって？

――ロシア人じゃんか！

アブトもロシア人。あこがれの人の顔を、なんてことだ、ふつふつとわき上がる怒《いか》りと共に思いだす。そういやジュリアードでアブトもよく怒《おこ》っていた。何が落としものを見つけろ、だ。愛がなくて悪かったな。何ならこれも知らなかったよ、愛っていきすぎると怒りに変わるらしい。

（ロシア人め、気軽にｆ《フォルテ》四つとか、書いてんじゃねえっ。何て読むんだよっ）

チャイコフスキーへの文句とアブトへの怒《いか》りをごっちゃにし、スタッカートぎみの八分音符《ぶおんぷ》を怒濤《どとう》の勢いで吹《ふ》き散らかしていると、防音ルームのドアががちゃっと開いた。あわてたようすの小山田先生が顔をだす。

「どうしたんや、地震《じしん》か、火事かっ」

演奏をやめ、「ただの八つ当たりですっ」とすわった目で恩師を見るぼくに、恐《おそ》れをなしたように肩《かた》をすくめる。

「カナ。おまえ今日、音飛びすぎやで。コプラッシュからこっち、ドアの外まで最高の音、響《ひび》いとるやないか。ネガティヴゲージがついに振《ふ》りきれたか。どれだけ落《お》ち込《こ》んでたら、そんな音でるねん」

「……別に落ち込んでないし」

見え見えのウソをついてしまうぼく。もちろん小山田先生には通用しない。

「ウソつけ。ニューヨークでアブトに何かされたんか。おまえがそこまでへこむって、絶対アブトがらみやろ」

あのアブトを変態オヤジか何かみたいに言う先生に、つい笑ってしまった。

「半分合ってる。音に愛がないって言われた」

「――さすがに言うなあ、レオニード・アブト」

先生は何だか感心している。ぼくがまだ気づいていないぼくの弱点、先生も気づいていたんだろうか。

「あとの半分は何や」

「――ぼく、音楽やめるかもしれない。先生」

本音がぽろりと出た。楽器を間に挟《はさ》むと、小さな子どもみたいに隠《かく》し事《ごと》がへたになる。小山田先生はぎょっとしたように目を見開いた。

「いきなり、何言いだすねん」

「うちの家、商売がうまくいってなくて。倒産《とうさん》するかもしれないから」

先生は息をのんだ。そうだよね。まさか日曜の昼間っから、近所の酒屋のこんなヘビーな話を聞かされるとは思わないだろう。

「……レッスン代を気にしてるなら、少しは融通《ゆうずう》できるで」

「それだけのことじゃなくて。進路のこととか」

ぼくは伏《ふ》し目《め》がちになった。

「それにぼく……自分がソリストになれないってわかったし」

「何やねん、それ」

小山田先生の顔色がさっと変わる。めったに見ない、本気で怒《おこ》った顔。でもぼくは、練習している間ずっとアタマにあったことを思いきって口に出した。

「そんな器《うつわ》じゃなかったんだ。プロにならなくても、音楽はやれるから」

アタマに、黒いスーツに身を包んできらめくライトを浴びるタカサキ・リュージュの姿がよぎった。大指揮者のコルトーすら恐《おそ》れない、気性《きしょう》の激しいオーボイスト。ソリストって、ああいうやつのためにある言葉なんだろう。

先生はバリトンの声でうなるように言う。

「そのとおり。プロにならんでも音楽はできるし、アマチュアで音楽を愛好していくのもすばらしいことや――。でもおまえがそれを言《ゆ》うのは、四十年早いで。楽器はじめて二年も経《た》たんうちにコンクール獲《と》るおまえみたいなやつが一時の悩《なや》みでそれを言うんは、アマチュアへの冒瀆《ぼうとく》や」

「…………」

「レオポルト・モーツァルトって知ってるか」

「……モーツァルトのお父さん?」

「そうや。宮廷《きゅうてい》音楽家で、アマデウス・モーツァルトの父親」

知ってるよ。昔、先生が教えてくれたんだ。息子《むすこ》に音楽の英才教育をほどこした。天才モーツァルトですら、レオポルトのレッスンがなければ、五歳《さい》ではじめて作曲し六歳で女帝《じょてい》マリア・テレジアの御前《ごぜん》で演奏することはなかった。

小山田先生はぼくと、ぼくのホルンをしみじみと見つめた。

「おれはな、カナ、レオポルトになりたいと思って、長年おまえを見てきた。自分で言うのも何やけど、おれはホルンでもっと上までいけたと思う。でも第一線から退いたのは、オケ業界の人間関係がつくづく嫌《いや》になったからや。好きな楽器を好きなときに、好きな仲間とだけやりたくなったから店を開いた。演奏家でありながら、音楽以外の理由でここまで逃《に》げてきたようなもんや」

先生がアインザッツを開店した理由を聞いたのははじめてだ。もしかして日フィルで何かあったかな……。先生はぼくの肩《かた》にずっしりと手のひらを置く。

「でもおまえは、おれみたいなタイプと違《ちが》う。何年おまえを見てきたと思てるねん。どれだけ吐《は》こうが悩《なや》もうが、おまえは戦うホルニストや。心底、音楽の呪《のろ》いにかかっとる。アマチュアで満足できる性格とちゃうやろ。おまえ、大好きなアブトに教わって世界の舞台《ぶたい》に立ちたいんと違っ たんか。おれは、それができる奏者を育ててきたつもりやで！」

どんぐり眼《まなこ》をぎょろっと見開き、叱《しか》り飛《と》ばされる。

「あまり考え込《かんが》《こ》まんと、周りの人に相談してみい。おまえはネガティヴすぎるんが玉に瑕《きず》や。こういうときくらい、大人をたよってもエエんやで。おれはアマデウスになれんかったけど、レオポルトにやったら、なれると信じとるよ」

いきどおったような先生の声が教えてくれている。こんなときくらい自分をたよれと。でも、恩師の声すら、荒《あら》ぶるネガティヴキングと化したぼくの心には届かない。うつむいて、唇《くちびる》をぎゅっとかみしめた。

（無理だよ、先生。買いかぶりすぎだ）

――だってぼくは天才《モーツァルト》じゃない。

ちょっと耳がいいだけの、ジュリアードとはいえジュニア部門のプレカレにすら落ちる、ただの根暗な中学生ホルン奏者なんだよ。

これまでプライドの高い、とっつきにくいやつだと、同じホルンパートですら陰口《かげぐち》をたたかれても気にもしなかった。心のどこかで、ぼくはおまえらとは違《ちが》うと思っていたから。

ぼくのほうが音楽をわかってる。ぼくのほうが、音にずっと近いんだって……。

でもニューヨークから帰ってきてからは、考えてしまう。いや、気づいてしまったんだ。

ぼくに、天から与《あた》えられたギフトなんて、元々なかった。

神様のギフトにおこぼれはない。それはコンサートホールのボックス席のように数がきっちり決まっている。そしてそれはアブトや、あのタカサキ・リュージュみたいな音楽家のためだけに用意されており、ぼくのための残席はもうないのだと。

——何より、あの憎《にく》たらしいオーボイストのうしろで吹《ふ》きたいと思ってしまった。ソリストになるというぼくの夢の、きっとそれが答えだ。

日本のジュニアコンクールで一度くらい一位になって得意ぶってた自分が恥《は》ずかしい。大好きなことで一番でいられたぼくはもうどこにもいない。親に借金までさせて吹く理由もなくなった。楽器なんかやってなかったら、こんなみじめな思いをすることも、マツリにあんな顔されることも……させることもなかった。もっと楽に進路も決められた。

音もなく、深い沼《ぬま》にずぶずぶと沈《しず》んでゆく気分だ。ああ。吐《は》きたい。

胃のあたりを押《お》さえて何も言わなくなったぼくに、小山田先生は深いため息をつくと、大きな手のひらでぼくのアタマをぽんぽんと叩《たた》いた。

「……一日休むだけで唇《くちびる》が変わる。いつでもいいから吹きにこいよ。待ってるで、カナ」

中間テスト初日。数学、国語、社会のテスト終了後《しゅうりょう》、担任からの連絡事項《れんらくじこう》をおざなりに聞いてから、手ぶらで吹奏楽部《すいそうがくぶ》の練習室に向かう。

昨日ほとんど眠《ねむ》れなかったせいで、コンディションは最悪。直前にニューヨークに行くと決めたときから覚悟《かくご》はしていたけど、テスト結果はさんざんなことになりそうだ。学校に楽器すら持ってきていないというのは、中学に上がってからはじめてのことだった。

中間テストの間は昼休みはなく、テストが終わればそのまま下校となる。部活も休みになるから、本来なら吹奏楽部の練習室も開いていないはずなんだけど、だいたい先生の目を盗《ぬす》んで軽く自主練するやつがいる。これまでは、ぼくもその一人だった。

いつもなら顧問《こもん》の先生に怒《おこ》られるギリギリまで自主練するところだけど、今日は練習室に向かう足どりが重い。

私立習志野大学付属中学校は生徒数千五百人というマンモス校だ。吹奏楽部の全国大会常連校だから、吹奏楽部には八十人の譜面台《ふめんだい》と椅子《いす》が楽に並べられる大きな練習室が割り当てられている。コンクール前には、同じく全国常連の習志野大吹奏楽部といっしょに、大学の施設《しせつ》であるコンサートホールを使わせてもらうこともあった。

部員は自分の楽器を自宅には持って帰らずに、練習室に置いておくのがふつうだ。ぼくは毎日持って帰って、アインザッツでレッスンを受けたり、自主練をしたりしていた。でもぼくのホルンはいま、家の自室でぽつんと留守番してる。

練習室の防音ドアの向こうをうかがうと、思ったとおり楽器の音が聞こえる。

弦《げん》バスとユーフォニアム、トランペット、クラリネット、そしてフルート。あ、この曲「アラビアの夜」だ……。課題曲を合わせているようだけど、クラリネットは調子っぱずれ。ユーフォはアーティキュレーションがあいまい。ペットは一人だけテンポが遅《おそ》い。フルートの音だけ正確で、3Dみたいに飛びだして聴《き》こえる。フルートのくせに西洋の騎士《きし》の槍《ランス》がぱっとアタマに浮《う》かぶ、硬質《こうしつ》で攻撃的《こうげきてき》な音色《おんしょく》だ。いずれにせよ、ひどくバランスが悪く不快なアンサンブルだった。

幸いにも、同じホルンパートのやつはいなそうだ。だれがどの楽器を吹《ふ》いているのか、顔を思い浮かべながらドアを開く。

それぞれの楽器を吹いていた予想どおりのメンツが、いっせいにぼくのほうを見た。

弦バスのだれかさん、ユーフォの何とかクン、ペットの……名前は忘れた。あとクラの中条、フルートの黒沢《くろさわ》。たぶんみんな二年生で、クラの中条以外は全員男子だ。譜面台《ふめんだい》と椅子《いす》を持ち寄って、遊びがてらコンクールの課題曲を合わせることにしたって感じ。

クラの中条周子《しゅうこ》が軽く会釈《えしゃく》をよこす。背中まで伸《の》ばしたまっすぐな黒髪《くろかみ》に、銀縁《ぎんぶち》の眼鏡をかけた、おとなしそうな女子。昨日、うちまで学校のプリントを届けにきてくれた子だ。シューコはすぐ近所に住んでいる。幼稚園《ようちえん》からいっしょの、一応幼なじみ。小学校のころは同じブラバンクラブにも入っていた。小学生のうちは上手《うま》かったが、うちでは二年生になっても第一クラに入れず、精鋭《せいえい》メンバーである自由曲の編成からも外されていた。

黒沢藤吾《とうご》。ぼくよりアタマ一つでかくて、運動部かよっていうくらいガタイのいいフルート吹《ふ》き。ロコツに敵意のある視線を向けてくる。友だちなんていない部活だけど、なぜだかこいつには特に嫌《きら》われている気がする。楽器の実力はうちの部でも抜《ぬ》きんでていて、たしかプロオケのフルート奏者の個人レッスンを受けている。先輩《せんぱい》を差し置いて、自由曲のセレクションにも入っていた。

ほかの三人はといえば気まずそうに目をそらして、ぼくと顔を合わせもしない。プレカレに落ちたことは、部活の顧問《こもん》の先生にも一応連絡《れんらく》してあるから、結果は部全体に広まっているのだろう。

ぼくは同学年の彼《かれ》らに向かって形ばかりの会釈《えしゃく》をすると、雑然と並んだ譜面台《ふめんだい》と椅子《いす》の間をぬって、サックスパートのうしろにあるホルンパートの席に向かった。

ホルンパートには、だいたいどの曲でも第一から第四までの四つのパートが割《わ》り振《ふ》られている。第一《ファースト》と第三《サード》をいわゆる上吹《うえぶ》きと呼ばれる高音奏者、第二《セカンド》と第四《フォース》が下吹きと呼ばれる低音奏者が担当する。多くの場合、第一奏者がパートリーダーをつとめる。

そして、指揮台に向かって四つある席の左端《ひだりはし》、第一ホルンの椅子《いす》がぼくのポジション。今日は、そこに置いてある私物の楽譜《がくふ》やチューナーを取りにきたのだった。

荷物をまとめている間に、不格好なアンサンブルが再開される。何これ、ねじれた木の根っこ？ぼくは眉《まゆ》をひそめ、次々と思《おも》い浮《う》かぶ気味の悪いイメージを意識的にシャットアウトする。

昨日、小山田先生に「プロにならなくても音楽はできる」なんて言ったけど……。

これ以上本格的にホルンを続けられなくなったとき、だからといってこの習志野大付属のブラバンにぼくの求める音楽があるかというと、おそらくない。

ブラバンだからクラシックの曲は本格的にはやらないけど、それが理由じゃない。このバンドにぼくの音の居場所はないからだ。雷《かみなり》が落ちてこないから。

持ってきたバックパックに、私物の楽譜やチューナー、手入れの道具を詰《つ》めていく。

テスト期間が終わったら、顧問《こもん》の先生に、部をやめるって言いにいく——昨日アインザッツを出たあと、そう決めた。

アプト。ユースケさん。リュージュ・タカサキ。ニューヨークで本物の一流の世界を目《ま》の当《あ》たりにした。どんなことになろうと、ぼくはもう後戻《あともど》りできない。

プロに、しかもアブトに認められるくらいのとびきりのソリストになれなきゃ、ぼくの音楽人生に意味なんてないんだ、オール・オア・ナッシング、それが叶《かな》わないなら、いっそのことぼくは……。

ユーフォの何とかクンが派手に音を外し、フルートの黒沢が冗談《じょうだん》を言って、みんな声をあげて笑っている。黒沢、アタマから二十三小節目の入りの音、いつも音量でかすぎるんだよ。艶《なま》めいたアラビアの夜風を表現するはずが、いつも、サバンナを元気に飛《と》び跳《は》ねるガゼルが目に浮《う》かぶ。それじゃ「アフリカの朝」だ。この程度の演奏をしといて笑い合っているのが不思議でたまらない。ぼくはほとんど無意識につぶやいてしまっていた。

「……何がおもしろいのかなあ」

運悪くそこで全体休止《ゲネラルパウゼ》が入り、小さいはずの声が練習室全体に響《ひび》いてしまった。まずい、と思ったときにはもう遅《おそ》い。「あ？」とドスの利《き》いた声を響かせながら、黒沢がこっちを振《ふ》り返《かえ》る。

「いま、何つった？」

長い足でがたん、と椅子《いす》を蹴《け》とばして、ホルンパートのほうに歩いてくる。いまにもつかみかかってきそうな顔だ。絶対、誤解されただろうな……。めんどくさい、とぼくはひっそりため息をつくと、椅子《いす》に座《すわ》ったまま、目の前の黒沢の長身を見上げた。

「何て言ったか、聞いてんだよ。遠峰《とおみね》くーん」

「……音程もリズムも何ひとつ合ってないのに、何が楽しいのかと思って。ごめん」

悪気はない。ほんとにない。純粋《じゅんすい》におもしろさがわからないから、うっかり口にだしちゃっただけ。そう伝えたくて謝《あやま》ったのに、火に油を注いだみたいだ。五月人形みたいな黒沢の顔が怒《いか》りに赤黒くなる。

「どこまでイヤミなクソ野郎《やろう》なんだてめえは。仲間と音合わせてりゃ、楽しいだろうが。そりゃ、ジュリアード様には物足りないだろうがな」

「だから、その音が合ってないって」

「いいかげんにしろよ、遠峰！」白シャツの襟《えり》もとをつかみ寄せられる。「調子乗ってんじゃねえぞ」

「でも……二十三小節目の入りとか、吹《ふ》けてるけどうるさいよ」

「吹、け、て、る、だぁ？　何様だてめえ」

黒沢の顔が引きつった。やばい。親切で言ったつもりが、また地雷《じらい》を踏《ふ》んだみたいだ。

「遠峰おまえこそ、裏で何て呼ばれてるか知ってんだろうな？　ちょっと吹けるからって、指揮者の指示無視して、合奏のムードも考えずに自分が吹《ふ》きたいようにしか吹かないデストロイヤーってな。ジュリアードとかいばりくさってても、しょせんプレカレすら落ちてんじゃねえか。だっせー」

「ぼ、ぼくは、楽譜《がくふ》の指示に従って……」

息がかかるほど近くから、ぎらぎらする目でにらまれて、アタマがくらくらする。音楽を通さずに生身の人間の感情に触《ふ》れることに、ぼくはあんまり慣れていない。人間の言葉がむずかしすぎる。いまここに楽器があれば、もう少し伝わったんだろうか。

酸欠の金魚みたいに口をぱくぱくさせていると、シューコがひかえめに割って入った。

「もうやめなよ。黒沢くんも、遠峰くんも」

「何だよ、この野郎《やろう》が先に喧嘩《けんか》売ってきやがったんだぞ」

黒沢が目をつり上げて反論しているすきに、ぼくは荷物をバッグに入れてその場を逃《に》げだした。「あっ」と黒沢がぼくを指さして非難の声をあげたが、止まってやる義理はない。

口もとを手で押《お》さえながらドアを出て、一番近くの男子トイレに駆《か》け込《こ》む。個室を目指す数秒も惜《お》しくて、だれもいない手洗い場のひとつに両手をついた。朝飯をほとんど食べなかったせいか、えずいても何もでてこない。ぬるい水で顔を洗い、制服シャツの袖《そで》でぞんざいに拭《ふ》いてから顔を上げると、鏡に映る自分と目が合った。ひどい顔をしてる。

重い足どりでトイレから出ると、なぜかシューコが待っていた。黒目がちの目でぼくの顔をじっと見てため息をつくと、ポケットからフラミンゴの刺繍《ししゅう》入りのハンカチを差しだす。どうして、とたずねる前にシューコが言った。

「トイレに行くと思ったから。……吐《は》きぐせ、直ってないんだね」

ぼくは無言でハンカチを突《つ》き返《かえ》す。腹の底が熱い。最低。こんなところ、特に女子には見られたくなかった。ぎこちなく踵《きびす》を返そうとしたぼくに、シューコが声をかける。

「ねえ！　練習室に何しにきたの」

「……荷物取りにきただけ」

さりげなさをよそおって、それだけ言う。いま部活をやめることを言ってしまえば、顧問《こもん》の先生に伝わって大事になるだろう。いまのメンタルでそれは避《さ》けたかった。シューコはちょっと眉《まゆ》をひそめた。信用してないって顔だ。

「――さっきのさ、そっちも悪いよ」

そう、シューコが言う。ぼくはボソボソと言い訳した。

「喧嘩《けんか》したいわけじゃない。悪気はなかったんだ」

「喧嘩したくない人の発言じゃなかったよ。言い方ってあるでしょ。悪気なくてそれって、やっぱりカナちゃんって浮《う》き世離《よばな》れしてる」

あきれた顔をするシューコに、居心地《いごこち》が悪くなって目をそらす。

「カナちゃんって呼ぶなって。……わかんないやつと何話したって、さ」

しょうがないじゃん。続けられなかった言葉を、シューコは正確に読み取ったようだ。

「わかってないのは遠峰くんも同じだよ。そりゃかっこいいよ、ウチが名門っていったって、日本の高校も行かない覚悟《かくご》でジュリアード目指した子なんて、前代未聞《ぜんだいみもん》だもん。遠峰くんは、私たちのこと、中学の吹奏楽《すいそうがく》コンクールくらいでジタバタしてるつまんないやつらって思ってるだろうね」

そんなことないと言いかけて、ぼくは言葉につまった。

ウソは苦手だ。実際に、ぼくはつまらないと思っている。でも、吹奏楽コンクールをつまらないと思ったことなんて一度もない。この程度の演奏を許し合いながら、仲間と和気あいあいと吹《ふ》くことを、つまらないと感じているんだ。最高の音を出すことを、一人も目指していないことが。

「……遠峰くんのそういうとこ、ついていけない。音も合ってないけど、げらげら笑いながら仲間と奏《かな》でる音楽だって、あったっていいんじゃないの」

「だから、音が合ってなかったら気持ち悪いだろ」

「プロだって音を外すことくらいあるでしょ」

「音程の話をしてるんなら、ぼくは外したくても外せない」

——吐《は》きそうになるから。

実際ぼくはブラバンで、音程のひどく悪いチューバとユーフォニアムにはさまれて吐いたことがある。オバケみたいに飛び歩く音が気持ち悪くて、十分と耐《た》えられなかった。

もちろん、自分の音が音程を外していても気分が悪くなるから、ぼくはピッチ合わせにはかなり神経質だ。習志野大付属は全国レベルだから音程を合わせられない奏者はほとんどいないけど、まったくいないわけではない。

でも、部活の連中にそんなことを言うつもりはない。言ってもどうにもならないし、ますます浮《う》くだけだから。

「そう。さすがだよね」

ぼくの言葉がどう伝わったのか、シューコはきゅっと唇《くちびる》をかんだ。

「一つ聞かせて。小学校のころから言ってるよね、ホルンのソリストになりたいって。……遠峰くんは、ひとりで完璧《かんぺき》に演奏したいから、ソリストになるの？　独奏ってそういうこと？　もし遠峰くんがそう思ってるならさ……」

シューコはすらすらと、何の迷いもなく続ける。

「私はたぶん、遠峰くんよりわかってるよ。音楽」

きらりと光る黒い瞳《ひとみ》。ぼくを見つめるまなざしは挑発的《ちょうはつてき》で、不思議な熱がこもっている。何の偶然《ぐうぜん》か、オーディションでのアブトと似たようなことを言う。ふいにがまんできないくらいイラついて、吐《は》き捨《す》てるみたいに言ってしまった。

「へえ……習志野大付属《ウチ》で第一クラですらないシューコが？」

目をこぼれそうなくらい見開き、悲しそうに黙《だま》り込《こ》んだシューコを見て、ぼくは自分の言葉がどれだけ彼女《かのじょ》を傷つけたかを知った。

「そう。一番じゃなくても、クラリネット、好きよ。……自分だって下の名前で呼んでるじゃん。ばーか」

シューコは泣きそうな顔でそうつぶやくと、くるっと踵《きびす》を返した。

家に帰るとだれもいなかった。午後の光が射《さ》し込《こ》むダイニングの卓上《たくじょう》には、冷蔵庫に焼きそばがありますという母さんのメモ書き。買い物かな。マツリは部活だろう。父さんは——またあの店長セットを着て、コンビニのレジに入りづめなのかな。

気だるい身体《からだ》を無理に動かして、まっすぐ二階の自室に向かった。部屋がきれいになっている。母さん、また勝手に掃除《そうじ》して。机の横にきちんと並べて置かれたホルンケース。ぼくはブレザーも脱《ぬ》がずに、倒《たお》れ込むようにベッドに寝転《ねころ》がった。

シューコの白い顔を思いだして、罪悪感で死にたくなる。ザ・クソ野郎《やろう》ってぼくのこと。——どうして呼び止めてすぐに謝《あやま》らなかったんだろう。

関係ないシューコに、あんな顔させて。

何もかもうまくいかない。ぼくだって音楽が好きだ。音楽だけが。それでも、わかり合える人はどこにもいないし、口を開けばだれかを傷つけてばかりいる。

音楽をやめれば、自分も、家族も、他人も傷つけずにすむんだろうか……。

昨夜ほとんど寝ていないせいか、急に眠気《ねむけ》がおそってくる。ぼくはベッドの上で膝《ひざ》を抱《かか》えた格好のままで、いつの間にかうとうとと寝入っていた。

次に目を覚ましたとき、時刻はすでに夕方の六時をすぎていた。うす赤い西日がカーテン越《ご》しに窓から射《さ》し込《こ》んでいる。

めずらしく、家族はまだだれも帰ってきていないみたいだ。水を飲みに一階に降りたついでに、リビングにある家族の共用パソコンでフリーメールをチェックする。ニューヨークのユースケさんから短いメールが入っていた。

簡単なあいさつのあと、すぐに用件が続く。

『ホルン科の知り合いに聞いたんだけど、レオニード・アブトが来月の六月四日に訪日するらしいよ。何でも、来年日響《にちきょう》ホールで客演するバイエルン放送交響楽団《こうきょうがくだん》の日本公演の打ち合わせだとか。単身ジュリアードに乗り込む度胸があるなら、一度話をしにいってみたら？　サムライボーイ！』

ずれ落ちそうな眼鏡の奥《おく》で目をいたずらっぽく光らせるユースケさんが目に浮《う》かんだ。

ユースケさんのメールに「情報ありがとうございます」とだけ返信すると、ぼくはパソコンデスクの椅子《いす》から、リビングの床《ゆか》にずるずるとすべり落ちた。そのまま、ひんやりしてきたフローリングの床にべったり頰《ほお》をつける。

アブトが日本にくる――。

ぼくは寝《ね》そべったまま、シャツの胸元《むなもと》をぎゅっとつかんだ。いまさら話しにいって何になる？　アブトのほうは、ぼくともう一度話してみたいとはちっとも思っていないだろう。ぼくの顔なんてもう忘れてしまったかもしれない。

まさか、あなたみたいな才能もお金もないからホルンをやめますと泣き言を言いにいくのか？　ぼくはホルン吹《ふ》きで、そのホルンを要《い》らないと言われたんなら、言葉で話すことなんてもう何もないんだ。

ボロボロになってほつれかけていた心の糸がぷちんと音を立てて切れる。

――もういい。部活もやめるし、ホルンもやめる。父さんたちには今晩伝えよう。顧問《こもん》の先生には明日伝える。あとは、ただのクラシック好きの中学生になろう。

吹っきれないなら吹っきってしまえばいい。

ぼくは椅子《いす》に座《すわ》り直すと、スリープ状態になっていたパソコン画面を呼《よ》び戻《もど》した。ブラウザを立ち上げて、習志野大学構内にあるコンサートホール、通称《つうしょう》「ならだいホール」のウェブサイトにアクセスする。大学の施設《しせつ》だけど、小規模ホールながら音響《おんきょう》にこだわっていて、有名プロの室内楽コンサートや若手演奏家のソロリサイタルが開かれることもよくある。サイトトップから月間スケジュールをクリック。今日の予定を見ると、保守点検につき休館となっていた。

ぼくは急いで自分の部屋に戻り、制服を脱《ぬ》ぎ捨《す》てて、Ｔシャツとジーンズ、パーカーに着替《きか》えた。ソフトケースに入ったままのホルンを持って家を出る。

夕飯までに戻りますと食卓《しょくたく》にメモ書きを残し、自転車に乗って習志野大に向かった。少し冷えてきた風を顔いっぱいに受け止める。

付属中学が隣接《りんせつ》している習志野大までは自転車で二十分強の距離《きょり》だ。同じ千葉県の市原市《いちはら》に全国常連の管弦楽部《かんげんがくぶ》があったけど、電車通学に往復二時間近くかけるくらいならその分練習したいと思って、ブラバンしかない近くの習志野大付属中を選んだ。

帰宅途中《とちゅう》の大学生にまじって駐輪場《ちゅうりんじょう》に自転車をとめ、まっすぐホールに向かう。ガラス張りのホールには灯《あか》りがともっていた。中に入ると、エントランスでいまにも帰ろうとしていた管理のおじさんがいぶかしげにぼくを見た。

「今日はメンテナンス日で閉館だよ。それに十九時から急な貸し切りで……」

「ホールに忘れ物を取りにきただけです。すぐに出ますから」

「そう？　早くしてくれよ、もうじき人が入るから」

アタマを下げ、返事を聞く前に急いでロビーに向かう。無人のクロークを通りすぎて、ホールの重いドアを開けた。

ドアの向こうは薄暗《うすぐら》かった。約五百席の客席は照明が落とされていて、舞台《ぶたい》中央にぎりぎりまで絞《しぼ》られたライトが当たっているだけだ。十九時から何をするのか知らないけど、舞台《ぶたい》はまだセッティングされていない。

ぼくは通路階段を一歩ずつ下りて、まるで誘蛾灯《ゆうがとう》に誘《さそ》い込《こ》まれる羽虫みたいにふらふらと舞台に近づいていった。去年のコンクール前にも習志野大付属中ブラスバンドの一員として上がった舞台だけれど、今日はまるで違《ちが》って見える。譜面台《ふめんだい》も椅子《いす》もないのに、まるでぼく一人を待ってくれていたような、勘違《かんちが》い。

舞台によじ登って、ホルンケースを開ける。買ってもらったときからずっと唯一無二《ゆいいつむに》の宝物だったぼくの楽器、コーン8DS－ABT〈アブトモデル〉。かぼそい照明を吸って、まるで息をしているように白銀に輝《かがや》いている愛器を手にとり、マッピをとりつけた。いつものように全体に息を通して、F《エフ》から軽く音階を鳴らす。

観客なんかいなくていい。忘れ物をとりにきたんでもない。ぼくはさよならを言いにきたんだ。これがぼくの最後の晴れ舞台。レオニード・アブトに、ホルンに、音楽に、ぼくのたった一つの夢にお別れを。

目を閉じて、アタマの中でオーケストラを鳴らす。すぐにぼくのソロがはじまる。いつも以上にアパチュアに気をつけて、出だしのE♭《エス》を完璧《かんぺき》に当てる。青々とした山なみが脳裏《のうり》いっぱいに広がった。

――さよなら、シュトラウス。

あなたの作品を演奏するのはきっとこれが最後だ。

ぼくは本番さながらに三楽章すべてを吹《ふ》ききった。何度もみっともなく音を外し、リップスラーも雪崩《なだ》れまくりだった。でもこれが、いまのぼくのすべて。

ラストの小節、E♭《エス》。フォルティッシモがホールに反響《はんきょう》してゆっくりと消えてゆく。その残響にひたりながら、センチメンタルな涙《なみだ》を一粒《ひとつぶ》こぼしたそのときだった。

「――ブラヴォ！」

イタリア人ばりに発音のいいブラボーが客席から聞こえた。ぼくはぎょっとして目を開ける。ずっと目を閉じて吹いていたから、だれかが、いつの間にかホールに入ってきていたことに少しも気づかなかった。

客席真ん中寄りのシートに、ばかみたいに目立つ容姿のやつが座《すわ》っている。暗がりでも冠《かんむり》のように輝《かがや》く金髪《きんぱつ》。白い肌《はだ》に、少女めいた顔つき。深いブルーの瞳《ひとみ》が、からかうようにぼくを見つめている。

ぼくは呆気《あっけ》にとられて、ぽかんと口を開けるほかなかった。

まるで時計の針が逆さまに回って、あの日のニューヨークに戻《もど》ったみたいだ。そう、あのときのアリス・タリー・ホール。人生で一番ひどい悪夢に。

——どうして、ぼくの心を小枝みたいにバキバキに折りまくって水入れまで投げつけたやつがここにいるんだよ！

「……なんてな。ウソだよ、このへったくそ。今日はひどい音してんなあ」

リュージュ・タカサキは、人をばかにしたとしかいいようのない顔でそんなことをつぶやくと、にやりと笑った。

第三楽章

トナンテ——雷《かみなり》のように

「な。な。なんで……！」

突然《とつぜん》客席に現れたリュージュ・タカサキを、ぼくはワナワナ震《ふる》えながら指さした。リュージュは立ち上がると、ゆっくりとした足どりで舞《ぶ》台《たい》に近づいてくる。真っ白なドレスシャツに、細身の黒いパンツをはいた出《い》で立《た》ちには、いますぐにリサイタルの舞台に立てそうな優《ゆう》雅《が》さがただよっている。

ぼくは一歩後ずさった。身長はぼくより少し高いだけだし細身なのに、息苦しくなるような圧《あっ》迫《ぱく》感《かん》を感じるのはなぜだろう。それに、小さな衣《きぬ》ずれの音から靴《くつ》音《おと》にいたるまで、身動きするたびに彼《かれ》の全身から音を感じるようだ。

閉館中のならだいホールの最前列でぼくを見上げる天才オーボイストと、ばっちり目が合う。

腹立たしいことに見とれてしまった。

（あ……こいつ、近くで見ると不思議な目の色してるんだ。この色、何て言うんだっけ、こないだまで上野《うえの》で展覧会やってた画家の……）

一時期、京成線《けいせいせん》の駅やつり革《かわ》広告に張られていたフェルメール展のポスターを思いだした。青と黄色の布で髪《かみ》をおおった女の人が、こっちを振《ふ》り返《かえ》っている有名な絵。布に使われた深くあざやかな青色、たしかラピスラズリという鉱石の顔料を、フェルメールブルーというんだって。

リュージュ・タカサキの目の色は、そのフェルメールブルーに似ている……。

ぼくの夢想は、容姿から想像するより低い、ぶっきらぼうな日本語でさえぎられる。

「なんでここにいるかって聞いてんなら、それはこっちのセリフだぜ。おれは元々、七時からホール押《お》さえてもらってた」

「あ……」

十九時から貸し切りってこいつのことだったのか！　そういえば、手にオーボエケースを提《さ》げている。でも……。まるで心をバーコードで読み取っていくみたいに、ぼくの心の疑問にすら答える。

「再来週このホールで日フィルの連中と五重奏やるんだよ。音響《おんきょう》、確かめにきたんだ。知らないところで吹《ふ》きたくないからな。――おまえ、カナデ・トオミネだろ。ジュリアードでリヒャルト吹《ふ》いてた」

ぼくは黙《だま》って、胃のあたりをぐっと押《お》さえた。指の先が冷たい。アブトに拒絶《きょぜつ》されたショックや、アリス・タリー・ホールでの嫌《いや》な思い出が一気によみがえる。嫌な思い出の半分は目の前のオーボエ吹きのせいであるというのに、当人はひょうひょうと握手《あくしゅ》の手を差《さ》し伸《の》べてくる。

「タカサキ・リュージュだ。ドラゴンの竜《りゅう》に、樹木の樹で竜樹《りゅうじゅ》。ルーって呼べ、ドイツでもアメリカでもそう呼ばれてる。おれのこと、忘れてないよな」

「……忘れられるわけ、ないだろ。あんなことされて」

ぼくは雰囲気《ふんいき》負けしないように、ぐっと口もとに力を入れてリュージュをにらみつけた。こんな憎《にく》たらしいやつを、なんでルーなんて、かわいい女の子みたいな名前で呼ばないといけないんだ。そもそもニックネームを呼ぶほど仲良くするつもりはない。差しだされた手を無視し、楽器を片づけはじめたぼくに、リュージュは眉《まゆ》をつり上げる。

「あんなこと？　ああ、リードの水入れ投げたことか。あれはおまえが悪いだろ」

「はあ!?」

口なんか利《き》くかという決意はわずか数秒でくずれた。何をどう解釈《かいしゃく》したら、そういうずうずうしい言い分になるわけ。

驚《おどろ》きと怒《いか》りとで震《ふる》えんばかりのぼくを尻目《しりめ》に、リュージュはオーボエケースを先に舞台《ぶたい》に置くと、長い足をひらりとひるがえして舞台に上がった。

「はあ、じゃねえよ。『四つの最後の歌』の〈春〉――コルトーのジジイを怒《おこ》らせてまで、おまえのために吹《ふ》いてやったのに」

「な、何だよ、それ。なんでそんな」

「……別に。前から三列目のど真ん中で泣いてるやつがいたら、気になるだろ」

「だからありがたく〈春〉を吹いてくれたってわけ？　『四つの最後の歌』って、最後死んじゃうやつだろ」

「昼間っからうじうじ泣いてるやつに、きっちりトドメ刺《さ》してやろうと思ったに決まってんだろ。それなのに途中《とちゅう》退席とはな。石投げてやろうかと思ったぜ」

「まるで何も投げなかったかのような言い方するね？」

あきれてものも言えないとはこのことだ。なんて意味不明で自己中なやつだろう。

ぼくはため息をついて、リュージュに向き直った。青い瞳《ひとみ》をまっすぐに見つめる。

「……もういいよ。リハーサルの邪魔《じゃま》して悪かったね。何のつもりか知らないけど、どうせきみと会うことも二度とない。ぼく、楽器もうやめるから」

なぜこんなことを、ほとんど見ず知らずのリュージュに言うつもりになったのか自分でもわからない。でも彼《かれ》は、ぼくの投げやりな言葉に絶句した。

「……なんでだよ。理由は」

「きみには関係ないだろ」

「ジュリアードはどうするんだ。プレカレッジ、蹴《け》っちまうのか」

眉《まゆ》をひそめるリュージュにちょっと驚《おどろ》く。オーディションのとき、リハーサルスタジオにいたのは知っているけど、ぼくのことを少しでも気にかけているなんて。

「蹴るも何も、教授のアブトがぼくを要《い》らないって言ったんだ。きみも見てただろ」

——ちくしょう、こんなこと言わせるなよ。

ケースにいつも入れてあるぞうきんにツバ抜《ぬ》きし、ベルについた指紋《しもん》をクロスで拭《ふ》き取《と》る。いつになく乱暴な手つきで楽器の手入れをするぼくを、リュージュは穴が開くほど凝視《ぎょうし》している。全身に突《つ》き刺《さ》さるような怒《いか》りを彼から感じた。ぼくが楽器をやめることで、どうしてこいつが怒《おこ》るんだよ。

長い沈黙《ちんもく》のあと、リュージュは舞台《ぶたい》の縁《ふち》に座《すわ》り、ケースを開けてオーボエを組み立てはじめた。リュージュのオーボエはキーがすべて黄金色《こがねいろ》をしている。おそらく、目が飛びでるほど高価な最上級モデルだろう。下管とベルを組み立て、上管を下管につなぐなめらかな手の動きについ見とれそうになる。恋人《こいびと》に触《ふ》れるみたいに優《やさ》しく、リードチューブにリードを差《さ》し込《こ》む。熟練した奏者の手の中にある楽器ほど、美しいものはない。キーの音一つ立てず、またたく間に漆黒《しっこく》のオーボエが組み上がった。

ぼくの視線に気づかず、リュージュが吐《は》き捨《す》てる。

「——おれは、探しものをしに日本まできたんだよ。木管五重奏はついでにエージェントがスケジュールを入れただけだ。まあ、全部無駄《むだ》だったみたいだけどな」

「へえ。アリス・タリー・ホールでソリストを務める十四歳《さい》が、わざわざ日本に何の探しもの？　日本トップクラスの木管奏者とのアンサンブルをついでだなんて、さすがにオーボエ・モンスターは言うことが違《ちが》うね」

気がつくとぼくは、ぼくのことを天才様と呼んで陰口《かげぐち》をたたく部の連中と同じ口調でリュージュを責めていた。そんな自分に、絶望的な気分になる。

陰気《いんき》でひがみっぽい元天才ホルン吹《ふ》き、遠峰奏《とおみねかなで》が本日もザ・クソ野郎《やろう》を更新中《こうしんちゅう》であります。もう嫌《いや》だ、リュージュを見ていると、自分がどんどん醜《みにく》くなっていく。いや違《ちが》うかな、ぼくって元々こんなやつだった。いまホルンを吹いたら、ベルからメデューサみたいに毒蛇《どくじゃ》がうねうね出てくるに違《ちが》いない。

「モンスターって何だよ、失礼なやつだな」

リュージュは大人っぽいため息をつくと、削《けず》った葦《あし》でできたダブルリードの先を唇《くちびる》に含《ふく》む。次の瞬間《しゅんかん》、レガートをかけた音階練習がホールに響《ひび》く。

ぼくはごくっとツバを飲《の》み込《こ》んだ。状 況《じょうきょう》も忘れて興奮で顔が熱くなる。

この音――アリス・タリー・ホールで聴《き》いたリュージュ・タカサキの音。木管楽器なのに四方から壁《かべ》みたいに迫《せま》る音圧、天上から降ってくるようなヴィブラート。正確無比な音程。均一でムラがなくって、低音域でも、キツくなりがちな高音域でもまるで音色《おんしょく》が変わらない。夜露《よつゆ》、ビロード、ハチドリの尾羽《おばね》、ミルクでできた王冠《おうかん》……ああ色彩《しきさい》とイメージの嵐《あらし》に飲み込まれる！

おぼれて、気を失ってしまいそう。

これこそがソリストの音。

こいつのうしろで、ホルンを鳴らしてみたいと思わされる……。

ホルンへの未練を断《た》ち切《き》ろうと思ってやってきたホールで、またしても敗北感に打ちのめされるって何だよ、とぼくはうなだれる。やってられない。いや、これでよかったのか。リュージュ・タカサキはぼくなんかが嫉妬《しっと》していいような演奏家じゃない。家庭の事情なんて言い訳にしかならないほどの才能の差ってやつを教えてくれた。

ホルンケースを担《かつ》いでリュージュ・タカサキに背を向けた。

「……再来週の五重奏、がんばって」

やっとしぼりだした声が、震《ふる》えていないといい。

そのまま舞台《ぶたい》を去ろうとしたぼくの手首を、リュージュがぱしっとつかんだ。熱くて、繊細《せんさい》なオーボエの演奏家とは思えないほど力強い手。何だよ、と腹立ちまぎれに振《ふ》りかえると、思わずたじろいでしまうほど挑発的《ちょうはつてき》な瞳《ひとみ》と目が合った。

リュージュは目をらんらんと光らせる。

「がんばってだって？　本気で言ってんのか。おまえ、オーディションでアブトにあれだけ言われて悔《くや》しくないのかよ」

「きみに、何が、わかるんだよ」

こいつにだけは言われたくない。言葉をぶつけて、精一杯《せいいっぱい》にらみつけたぼくに、リュージュはにやりと唇《くちびる》をつり上げた。

「ああ、おれにはわからないね、負け犬の気持ちなんてな。――なあ。どうせ楽器やめるなら、最後、アブトにぶちかましてやれよ」

「……どういうこと?」

「アブト、六月に来日するだろ」

「なんで知ってるの」

「おれ、一応ジュリアードに籍《せき》置いてるから。なあ、アブトって有楽町《ゆうらくちょう》のロイヤルプリンスホテルに宿泊《しゅくはく》するらしいぜ。そこでだ……」

「ぶ、ぶちかますって何するんだよ。ホテルで待《ま》ち伏《ぶ》せしてマウスピースでも投げつけるっての?」

「バカか? そんなことしてどうするんだ」

「バカはきみだろ!?」

天然ぼけなのか? それとも、公演中に水入れを投げつけたこと、こいつの中でなかったことになってるんじゃないだろうな。

「おまえはホルニストだ」

フェルメールブルーの目が細まり、ニッ、と笑《え》む。

「——だったら、ぶちかますのは音楽に決まってるだろ」

リュージュの提案は、まさに青天《せいてん》の霹靂《へきれき》だった。

ならだいホールから家に帰り、夕食を食べてお風呂《ふろ》に入っても、ベッドに入って次の朝目が覚めて朝食のテーブルについたときも、彼《かれ》の言葉のことだけを考えていた。考えすぎたせいで、親にも部活をやめることを言いそびれ、もちろん試験勉強なんてこれっぽっちも手につかなかった。

中間テスト二日目、理科のテストの終了《しゅうりょう》を告げるチャイムが鳴る。一限目の英語に続いて、テストはこれで最後だ。出来はひさんなものだった。それでも一番の得意教科だから、赤点を免《まぬが》れてくれることを祈《いの》る。担任の話を気もそぞろに聞き、クラスが解散になるなり、ぼくは校舎の同じ階にある黒沢藤吾《くろさわとうご》のクラスに向かっていた。息をきらして廊下《ろうか》を走るぼくを、何人もの生徒が驚《おどろ》いてよけていった。

早くしなければ、黒沢が部活の練習室に向かってしまう——。

テストが終わって、今日は午後から金管・木管の各セクション長と顧問《こもん》の先生とで自由曲を決める選曲会議がある日だ。それ以外の部員は自主練。できれば練習室以外で黒沢に会っておきたい。

つまりリュージュ・タカサキの提案はこうだ。

——ホテルのロビーで、弾丸《だんがん》アンサンブル・コンサートをぶちかます。

アブトは再来週の金曜の六月四日から二泊《はく》三日で、有楽町にあるロイヤルプリンスホテルに宿泊する。彼《かれ》のスケジュールまではわからないけれど、かならずロビーを通るタイミングがある。ラウンジでの朝食後にロビーを通ってホテルを出るときだ。

『……ホテル側に交渉《こうしょう》？　そんなこと無駄《むだ》に決まってる。有名アーティストじゃあるまいし、話も聞いてもらえないうえに警戒《けいかい》されるのがオチだ。もちろん無断でやる。ロビージャック・アンサンブルだ。アブトの心臓をぶち抜《ぬ》いてやれ、おまえの音で』

天才オーボイストは高らかにそう言った。ならだいホールの舞台《ぶたい》の上。まるでぼくの胸の高鳴りを知りつくしているとでもいうように、挑発的《ちょうはつてき》な笑《え》みを浮《う》かべて。

『ホルンがメインの木管五重奏《ウィンド・クィンテット》。オーボエはおれがやってやる。そうだな、編成的にファゴットはほしい。そろえるのがむずかしければ、バスクラリネットでもいいけど。あとはフルートと、B♭管《ベーかん》のクラリネットかな。曲はおれが用意してやるよ。何でも吹《ふ》けるんだろうな？』

『……なんで、そこまでしてくれるの』

本気でわからなくてたずねたぼくを、リュージュは、自分のソロリサイタルをぶちこわした激情家とは別人みたいに静かなフェルメールブルーでじっと見つめた。

『――さあな。言ったろ、探しものがあるって。それに、おれは秋からザルツブルクのモーツァルテウムに行く。親父《おやじ》が日本人だから、入学前に日本での用事も色々あってさ。アンサンブルはそのついで。滞在中《たいざいちゅう》のひまつぶしみたいなもんだ』

モーツァルテウム音楽大学。クラシックの本場ドイツ最高峰《さいこうほう》の芸術教育機関の一つで、あのカラヤンを輩出《はいしゅつ》した名門大学だ。最年少で飛び級入学が決まったと、ユースケさんが言っていた。ジュリアードのオファーを蹴《け》って、そっちに行くって。

『おれは、おまえみたいな臆病者《おくびょうもの》を見てると虫唾《むしず》がはしるんだよ。オーディションに落ちたくらいでぴーぴー泣きやがって。音楽はだれかを見捨てたりしない、おまえが音楽を見捨てるんだ。楽器をやめる理由なんてどうでもいいけど、これまで真剣《しんけん》にやってたんなら、思いだすのが辛《つら》くなるような終わり方はよせ。音楽を好きなまま、終われよ』

彼《かれ》の言葉を聞いてぼくは、しばらく言葉を一つも言えなくなった。きみに関係ないだろうと突《つ》っぱねるカラ元気もどこかへいってしまった。

リュージュの言うとおりだ。ぼくは、あれほど好きだった、一日も練習をかかさないほど人生のすべてだった音楽を、自分から見捨てようとしている。そして、友だちがいないぼくに、ずっと変わらずよりそってくれたホルンという楽器を。

このままやめていたら、ぼくはきっと音楽が嫌《きら》いになっていた……。

うちの家業が苦しいことは変わらない。どんな形であれ、これまでのように音楽を続けていくことはきっとできなくなる。小山田《おやまだ》先生が、ぼくはアマチュアでは満足できないって、ミューズに呪《のろ》われているって言っていた。

呪われてたっていいんだ、その一曲を最高の音とリズムで吹《ふ》けるんなら。ぼくには音楽しかなかった。だから音楽を好きなまま、終わりたい。

話しにいってみたらって、ユースケさんはそう言うけど、いまレオニード・アブトに話すべき言葉を、ぼくは一つも持たない。いまさら、プレカレにぼくを取らないという決定をひっくり返せるとも思っていない。

でも言葉の代わりにホルンで伝えるんだったら？

『……わかったよ。あの日ぼくを取らなかったことを、アブトに後悔《こうかい》させてやる』

昨日の別《わか》れ際《ぎわ》、すわった目でそう言い放ったぼくに、リュージュ・タカサキは「その意気だ」とやけに気取ったウィンクをよこした。

『日フィルとの練習なんかで、おれはしばらく夜しか予定があかない。明後日《あさって》、午後六時半に。

場所はおまえの都合に合わせてやるけど、楽器が吹《ふ》ける場所で。ほかのメンバーをそれまでに用意しとけよ』
ぼくは、とっさにアインザッツの場所をリュージュに教えていた。ならだいホールで日フィルとの五重奏の本番をやるなら、近いほうが都合がいいだろうし、何となくだけど、小山田先生は断らないだろうという予感があった。
あとは、一刻も早く、必要な奏者に声をかけるだけだ。

ガラッと大きな音を立てて、四組のドアを勢いよく開ける。まだ半分くらい残っていた生徒が驚《おどろ》いたように振《ふ》り返《かえ》った。窓際《まどぎわ》で、ほかの男子たちと話していた黒沢が切れ長の目をまん丸にしてぼくを見ている。よかった、まだいた。

「黒沢トーゴっ、きみに話がある」

肩《かた》で息をしながら大声で呼びだしたぼくを、黒沢は腕組《うでぐ》みしながら、幽霊《ゆうれい》でも見るような目つきでじろじろ見た。

「……何だよ。決闘《けっとう》の申《もう》し込《こ》みか？」

似たようなものだと、ぼくは大きくうなずく。黒沢はますます目を丸くする。それからアタマをぽりぽりかいて、面倒《めんどう》くさそうに廊下《ろうか》を指さした。

「よくわかんねーけど、昼飯、これからだから。付き合えよ」

黒沢とぼくは、決闘《けっとう》にでていく荒野《こうや》の二人みたいに連れだって、学校前の交差点脇《わき》にあるハンバーガーショップに入った。

ぼくは氷抜《ぬ》きコーラのチーズバーガーセット、黒沢はメロンソーダのダブルチーズバーガーセットを注文して、テーブルをはさんで向かい合う。黒沢はずずっと音を立ててメロンソーダを吸い上げたあと、黙《だま》ってぼくをにらんでいる。ああ、昨日の言い合いを思いだして、胃が痛くなってきた。

景気づけにコーラを一口飲んで、これまでのいきさつをぽつぽつと話しはじめる。

小学生時代から続くアブトへのあこがれのこと。彼《かれ》が期限つきで教授になると知ってジュリアード音楽院を受験しようと決めたこと。オーディション中、リハーサルスタジオでの演奏までこぎつけたのに、あっさり落とされたこと。タカサキ・リュージュとの出会いのこと。それから、少し迷ったけど、家の経済状態のこと。これからのことも考えて、楽器をやめようと考えていること……。そして、リュージュの計画のことを。

思ったとおり、ぼくが部活をやめようとしていることを知った黒沢はぎょっとする。

「おい待てよ。おまえが抜《ぬ》けたら、うちのホルンパートどうなるんだよ。なんで部活までやめんだ、学校で吹《ふ》くだけなら、そんなに金はかかんねえだろ」

「ぼくはたぶん個人レッスンも続けられないし、音大にも行けない。独学じゃ限界あるって、黒沢もわかってるだろ。ぼくは一流のソリストになりたい……学校で吹くだけじゃ、満足できない……。同じ理由で黒沢も、フルートの個人レッスン受けてるんじゃないの。ただ吹くだけなら学校でもできる。プロに、なりたいんでしょ」

「でも……」

口を開きかけた黒沢が言葉につまったように黙《だま》り込《こ》む。しばらくして、ため息。

「——中途半端《ちゅうとはんぱ》に続けるほうが、辛《つら》いってか」

ぼくはうなずいた。

「それで、ホテルのロビーをジャックして、ニューヨークフィルのホルン首席ソロ奏者に、おまえの最後のホルンを聴《き》かせてやろうっての？　おれらと同《おな》い年でアンドレ・コルトーと共演する天才オーボエ野郎《やろう》と？」

「そう、です」

思わず敬語になってしまう。あらためて聞くと本当にどうかしているとしか思えない計画だ。

黒沢は額に手を当てて、深いため息をついた。

「おまえ、まじかよ……。つまんねえやつだと思ってたけど、おれが知ってるだれよりもクレイジーで脳みその回路ぶっ壊《こわ》れてるぜ。面倒《めんどう》なことに巻《ま》き込《こ》みやがって。——なあ、なんでおれなの。仲悪いじゃん。昨日だってモメたし」

別に仲が悪いわけじゃない……黒沢が突《つ》っかかってくるだけで。そう思ったけど、言わないでおこう。ぼくだって学習する。素直《すなお》に理由を言った。

「仲とか関係ない。きみの音が必要だからだよ。ぼくが知っている中で、一番上手《うま》いフルート吹《ふ》きだから。音楽に、必要だから」

「……ストレートだな」

五月人形風の口もとが、照れたふうにゆがんだ。

「おまえって、徹底《てってい》してんのな。音楽ばかっつか、本気で音楽のことしかアタマにない感じ。根暗っぽいのにホルン吹いてるときは妙《みょう》に野性味あるし、言うことは必要以上にズバッと言うし。それで今度はロビージャック？　捕《つか》まったらどーすんだよ。ホント、正気とは思えねー。でも嫌《きら》いじゃないぜ、そういうの」

ロビージャック・アンサンブル、乗っかってやるよ——。

黒沢はそう言うと、にやりと笑う。それから、話はついたとばかりに、毒々しい色のメロンソーダを一気飲みして、ぷはーっと息を吐《は》いた。ポテトをまとめて三本口に放《ほう》り込《こ》んで、頬張《ほおば》りながら天井《てんじょう》を見上げる。

「で？　ホルンがおまえで、フルートがおれで、オーボエが天才野郎《やろう》だろ。クラとファゴット、もうだれに頼《たの》むか決まってるのか？」

「ううん、まだ……。いまいちピンとこなくて」

木管五重奏といえば、メロディを担当することが多いフルートとオーボエ、楽器同士のつなぎの役割をはたすクラリネット、低音担当のファゴット、そして主に伴奏《ばんそう》パートを担当するホルンというのが標準的な組み合わせだ。ふだん、金管楽器のやかましいのに囲まれているホルン奏者には、かなり音量を抑《おさ》え続けなければいけないというハードルの高さはあるけど、木管五重奏って、とってもやりがいがある。ぼくは苦手だけど。

その五重奏に、リュージュはどんな曲を持ってこようとしているんだろう？　彼《かれ》のことだから、相当レベルの高い楽曲を選んでくるはずだ。昨日は深く考えずにうなずいてしまったけど、いくら木管なみに柔《やわ》らかい音色《おんしょく》が出せるからといって、金管楽器のホルンがメインになる木管五重奏なんて聴《き》いたこともないよ。

それに問題は、うちのブラバンには、ファゴットにぼくが納得《なっとく》いく音がないということ。

ファゴットは木管楽器の中でも、長さが百三十センチ以上ある一番大きな楽器だ。かなり値段が張ることもあり、子どもが親に買ってもらうのがむずかしい楽器の一つ。習志野大付属中では、学校が購入《こうにゅう》して部員に貸しだすことになっている。そうなれば練習時間がかぎられるし、オーボエと同じダブルリード楽器の仲間で演奏も簡単じゃないから、中学レベルではいい奏者が育ちにくい。

かといって、どんな曲かもわからないのに、クラリネット二本っていうのもどうかな。しかもメンバーには、コンクールの練習と並行《へいこう》してアンサンブルの練習をやってもらうことになる。友だちでもないぼくに、うなずいてくれる人がいるんだろうか。

自分がめちゃくちゃなお願いをしようという立場なのはわかっているけど、聴《き》かせる相手はあのレオニード・アブトなんだ。

五重奏でファゴット奏者がいないときは、ふつうバスクラリネットに置きかえて演奏するけど……うちの吹奏楽部《すいそうがくぶ》にマイ・バスクラを持ってるやつなんていないし……いっそファゴットなし、バスクラなし、標準的なB♭《べー》クラありの四重奏《カルテット》にしてもらおうか……。ぼくがブツブツつぶやきながら悩《なや》んでいると、黒沢があきれかえったように言う。

「いやいや、天才野郎《やろう》は五重奏のメンバー連れてこいって言ってんだろ？　自分が気に入る音がないから四重奏にって、おまえ、年寄りの家猫《いえねこ》なみにワガママだな」

なんだそのたとえは。不本意だとむくれるぼくに、

「ほかはどうでもいいけど、クラは中条《なかじょう》にしろ。いいな、決定。それなら出てやる」

「シューコ？　なんで⁉」

シューコとはまだ気まずい状態が続いている。びっくりのあまり、つい女子を下の名前で呼んでしまったぼくを、黒沢がぎろりとにらむ。

「てめぇ……何さりげに名前呼びしてやがる。中条とどういう関係なんだ」

「いや、何も。近所の人。ただの幼なじみだよ」

「知るか、なれなれしいぞ」

自分から聞いといて、知るかってどうなの。

「これからは名字にさん付けで呼べ。とにかく、クラは中条に頼《たの》めよ。じゃねーと、アンサンブル出てやんねえ」

「だから、なんで中条さんなんだよ」

「わかれよ。鈍《にぶ》いな」

ぼくと違《ちが》ってシャープなラインを描《えが》く頬《ほお》が、少し赤くなる。え、もしかして。音楽の表現としての恋《こい》以外にはまるで疎《うと》いぼくでも、わかった気がしてしまう。

ぼくは腕組《うでぐ》みをして、うーんと考《かんが》え込《こ》んだ。

小学校から楽器をはじめただけあって、たしかにシューコは基礎《きそ》はでき上がっている。全国強豪校《きょうごうこう》のウチだから第二クラにくすぶっているだけで、他校なら問題なく第一クラで演奏できているだろう。だけど……。

「あいつ、合奏ではイマイチだけど、意外にアンサンブル向きだぜ。グルーヴ感あるっていうか、自分のリズム持ってるっていうか。な、いいだろ」

シューコの話になると、罪悪感からついつい口ごもりがちになるぼくに、黒沢が土下座でもしそうな勢いでぐいぐいとねじ込んでくる。

「――了解《りょうかい》。オーケーしてもらえるかわからないけど、あとで頼《たの》んでみるよ」

ぼくはため息まじりにうなずいた。正直、クラリネットパートでほかに頼める人もいないし、ここは黒沢の直感を信じるのもいいかもしれない。

ファゴットの件は明日リュージュに相談してみよう。

……何だろう、この感じ。明日からのことを考えると、自然と口角のあたりがむずむずする。

久しぶりに胸がわくわくして、これが最後だって決めたのに踊《おど》りだしたい気分。ぼくのふわふわ気分が伝染《でんせん》したみたいに、黒沢がにかっと笑った。

「アンサンブルか。おれ、やるの久しぶり。しかも、ジュリアードの天才野郎《やろう》と共演できるんだ。何だか楽しみになってきたぜ」

ぼくはほほえみを返した。そう、楽しみ。楽しみっていうんだ、この感覚。

「あーあ。それにしても、この時期に遠峰がやめるって言いだしたら笹井《ささい》ちゃんが腰抜《こしぬ》かすだろうな。うちの金管、おまえの音中心でまとめてるとこあるしなあ」

ハンバーガーの残りをいっぺんに口につめこんで、黒沢がもごもご言う。笹井っていうのは、習志野大付属中ブラスバンド部の顧問《こもんけん》兼指揮者の笹井先生のことだ。

「いっぺん聞いてみたかったんだけどさ。おまえって、なんで指揮者に従わねーの。笹井ちゃん、いつもイライラしてんじゃん。相手がおまえだから、あんまり言わねーけどさ」

「……従ってないわけじゃない。ぼくは作曲家が楽譜《がくふ》に書いた指示どおりに吹《ふ》いてるだけだよ。笹井先生は、ちょっと解釈《かいしゃく》が……独特なところ、あるだろ。こないだ言った課題曲の二十三小節目だって、第一フルートの譜面はメゾピアノなのに、メゾフォルテぎみに要求する。あれじゃ、アフリカの朝だ」

黒沢はメロンソーダをぶっと噴《ふ》きだした。そのまま、腹を抱《かか》えてゲタゲタ笑いだす。何かおかしなこと、言ったかな。首をかしげるぼくに、黒沢は涙《なみだ》とメロンソーダをふきふき言う。

「おいおい、その言い方はねーだろ。たしかに笹井ちゃんは盛り上がると譜面《ふめん》の指示守らねーとこあるけど。でもおれは、アフリカだろうがインドだろうが最後の味付けは指揮者って思ってるからな。言うことは聞く」

「――ちゃんと考えて吹《ふ》いてたんだ」

何も考えずに無神経に鳴らしているとばかり思っていた。

「おまえ、何食ったらそこまで無礼になれんの?」

あきれはてたように黒沢がつぶやくけど、怒《おこ》ったようすはない。だからぼくも、日ごろ不思議に思っていたことを聞くことができた。

「黒沢こそ、なんでいつもぼくに突《つ》っかかってくるの」

黒沢はぼくと違《ちが》って男らしい眉《まゆ》をぐいっと上げる。

「単純にむかつくから。……ってのもあるけど、うちの先生、おまえんとこの先生と犬猿《けんえん》の仲なんだよな」

「え?」

「おまえ、アインザッツの小山田さんにホルン教えてもらってるだろ。おれは、小六から日フィルの第二フルートの高田《たかだ》さんについてる。あの二人、小山田さんの日フィル現役《げんえき》時代からめちゃくちゃ仲悪いじゃん。こっちも色々聞かされてるから、おれも引きずられてるとこ、あんのかも」

「……知らなかった」

小三からアインザッツに出入りしているぼくでも、小山田先生からそんな話、聞いたことなかった。ほかの練習生やお客と話したことはほとんどないけど、もしかしたらみんな知ってたんだろうか。

「そっか。関東のオケ界隈《かいわい》じゃ、けっこう有名な話らしいぜ」

ふうん、というぼくの気の抜《ぬ》けたつぶやきで、黒沢とのハンバーガーショップの決闘《けっとう》は終わりを告げたのだった。

家に帰ったぼくは、電話の子機を借りて自分の部屋に引きこもった。まずは部活の笹井先生の携帯《けいたい》電話に電話をかける。まだ選曲会議がはじまる前だったらしくて、数コールですぐにつながった。

今日の部活を休むこと、そしてこれから先のことを考えたいからしばらく部活に行けないことを伝える。笹井先生は長い間絶句すると、「いまの時期に休むって、どういうことかわかっているのか。遠峰」と聞いてきた。

「わかってます。ホルンのトップ、下ろしてください」

きっぱりと答えたぼくに、先生はまた絶句した。

考え直せと言われたけれど、引かない。しばらくして、電話ではらちがあかないと感じたのか、笹井先生はうろたえた声音《こわね》で「また会って話そう」と言った。

ぼくがトップを辞退しても、上吹《うえぶ》きの次席である第三ホルンの三年生の先輩《せんぱい》が第一に繰《く》り上《あ》がるだけだ。ホルンパートは各学年に推薦《すいせん》で入ってきた経験者がそろっている。すぐにぼくの居場所はなくなるだろう。

次に、シューコの家に電話をかける。練習は午後からだから、家の近いシューコはこういう時昼飯を食いに家に戻《もど》る。女子の家に直電なんて、気恥《きは》ずかしいけど、どっちもスマホを持っていないんだからしょうがない。

小さなころから知っているシューコのおばさんが、「あらカナちゃん。久しぶり」と明るい声をあげて、ちょっと待ってねと電話を替《か》わってくれる。

電話口に出てきたシューコはこれから鬼退治《おにたいじ》にでも出かけそうな物騒《ぶっそう》な声をだした。

「――何の用。電話なんてやめてよね」

ぼくはすっと息を吸《す》い込《こ》むと、意を決して言葉にする。

「シュ……中条。昨日のこと、悪かった。えと、あの。その、中条のクラが必要になって……その。いっしょに」

電話口の向こうでシューコがあぜんとするのがわかる。そりゃそうだよね。ぼくはホントに人間の言語がさっぱりだ。秒速で断られる前にと、さっき黒沢にした説明をもう一度、早口で伝えようとする。もちろん、黒沢がシューコのことを、その、なことは言わないように――。

ぼくが口を開こうとするのと、シューコが即答《そくとう》したのは同時だった。

「いいよ。何時に、どこ？」

理由もいきさつも何ひとつ聞かないシューコに、度肝《どぎも》を抜《ぬ》かれてこっちが黙《だま》り込《こ》む。

誘《さそ》っておいて何だけど、シューコが何に対してYESを出したのかがわからない。いまからでも説明すべきか迷っているうちに、ちょっとイライラした声が「時間。場所」と催促《さいそく》する。しどろもどろに答えると、用はすんだとばかり電話を切られた。

――チャイコフスキーのフォルテ四つの読み方と同じくらい、ぼくは女子の気持ちってものがわからない。

翌日の水曜日。ぼくは六限後の学活が終わるなり、超特急《ちょうとっきゅう》でアインザッツに向かった。リュージュ・タカサキとの約束の六時半までまだ三時間近くあるけど、会う前に自分の練習を終えておきたい。彼《かれ》は日フィルとの練習で十分唇《くちびる》も指も温まっているだろうから、ぼくもそれに合わせてアップしておかなきゃ。

黒沢とシューコの二人は、部活が終わってから合流することになっていた。この時期部活が終わるのがちょうど六時半だから、合流は七時くらいになるだろう。練習期間中、晩飯は弁当を持ってきてほしいと二人には伝えてある。

弁当を作ってほしいと頼《たの》んだとき、母さんは最近あまり見なかった、すごく嬉《うれ》しそうな顔をした。父さんはあいかわらずコンビニ、マツリは部活で忙《いそが》しくてあれから顔を合わせていない。

ホルンケースを担《かつ》いでアインザッツの扉《とびら》をくぐったぼくを、天井《てんじょう》の角のスピーカーから小さく流れるシベリウスのヴァイオリン協奏曲が迎《むか》えた。

今日も無精《ぶしょう》ヒゲを生やした小山田先生がカウンターの向こうから声をかける。

「おう、カナ。きたか」

「今日からよろしくお願いします、先生」

ぼくは今日ばかりはしおらしくアタマを下げた。

小山田先生は、しばらく六時半から二階のレッスンスタジオを貸し切りにしてほしいというぼくの急なお願いを快く聞いてくれた。しかも、時々店の手伝いをするという条件で、レンタルスタジオ代は無料だ。

ロビーをジャックして演奏するというぼくらの計画のことも、「オトナとしては、止めるべきやねんけどなあ」とブツブツ言いながらも、黙認《もくにん》してくれるみたい。どうやら絶対アブトに後悔《こうかい》させてやる、というぼくの執念《しゅうねん》が気に入ったようだ。

「おう、がんばれよ。おまえをボコボコにしたオーボエ少年もくるんやろ。楽しみやわ」

にやにやする小山田先生をわざと無視して、防音ルームに向かう。

譜面台《ふめんだい》と楽器を出して、いつものロングトーンから練習をはじめた。マッピに口をつけると、まだ少しふわふわしていた気持ちがすっと引きしまる。

いつも以上に念入りなロングトーンから音階練習に移り、数曲のエチュードを吹き終《ふ》えたころには、時刻はすでに五時半をまわっていた。それから先生が新しく入ったアルトサックスの整備をしている間、カウンターに入ってしばらく店番をする。

オーボエケースを提《さ》げたリュージュ・タカサキが店に入ってきたとき、ぼくはちょうど弁当の焼きジャケを口に入れたところだった。

夕暮れ時の空気をまとい、ぴったりしたジーンズにラフな白のTシャツ、濃紺《のうこん》のスプリングコートという出《い》で立《た》ちでカウベルを鳴らしたリュージュは、むかつくほど目立つ。

お客のこないカウンターで弁当を広げていたぼくにあいさつもせずに近づくと、半分ほど残った弁当をひょいとのぞき込《こ》んだ。ウィンナーを指さして目をみはる。

「これ何だよ。……火星人?」

「タコさんウィンナー。ドイツにはないの」

ないよ、と短く答えて、彼《かれ》はものめずらしそうにウィンナーをつまみ上げると口の中に放り込んだ。だれもあげるとは言っていない。

「……リュージュ、おなかへってるの?」

「ルーって呼べ。飯なら食ってきた」

意を決してファーストネームを呼んでみたのに不機嫌《ふきげん》にそう返される。つくづく腹の立つ野郎《やろう》だ。そのとき、リペアや整備で使う小さな工房《こうぼう》スペースから小山田先生が戻《もど》ってきた。リュージュ――ルー、を見て、にこやかに声をかける。

「おっ、ジュリアードの天才オーボエ少年やないか。いらっしゃい」

「ハロー。だれだ、このオッサン」

小山田先生が固まっているすきに、ぼくは不審《ふしん》そうにしているルーの手首をつかんで引っぱった。先生は意外に礼儀《れいぎ》にうるさいんだ、拳骨《げんこつ》を落とされちゃう。

「ぼ、ぼくのホルンの先生だよ。小山田明《あきら》先生」

ぼくは急いで弁当を片づけると、ルーの背中を押《お》すようにして二階のレッスンスタジオに連れていった。六人くらいが円く譜面台《ふめんだい》を並べられるくらいのスタジオに入るなり、ぼくは彼《かれ》をにらみつける。

「世話になるんだから、ちゃんとあいさつしろよな」

「しただろ、ハローって」

「オッサンが余計なんだよ、オッサンが！」

「だってオネエサンじゃないだろ？」

ふてぶてしく首をかしげるルーに、うちの田舎《いなか》のばーちゃんなみに血圧が上がる。こいつ、オーボエの才能より人をイライラさせる才能のほうが絶対上だ。

わかっていたけど、ぼくとルーの相性《あいしょう》は最悪を更新中《こうしんちゅう》。これからしばらく毎日のように顔を合わせるけど、やっていけるのだろうか。

あのリュージュ・タカサキと譜面台《ふめんだい》を立て、並んで座《すわ》るのは何だかおかしな感じだ。

二人とも楽器を出して、曲の打ち合わせがはじまった。あとの二人がくる前に、ある程度まとめておかなければいけない。

「曲はリヒャルトでいく。『四つの最後の歌』の――」

ルーはバックパックから楽譜を出して、ぼくに渡《わた》しながら言った。ドイツ語のタイトル。ピアノと同じｉｎ《イン》 Ｃ《ツェー》での記譜、Ｃ管であるオーボエの楽譜だ。

「……もしかして、〈春〉？」

「ヤー」

恨《うら》めしげな声を出したぼくに、ルーはあっさりドイツ語のＹＥＳを返す。本人は覚えているかどうかも怪《あや》しいけど、〈春〉はすっかりぼくのトラウマチューンと化している。ぼくの気持ちなんかまるでわからないルーが、気前よくアタマ数小節を吹《ふ》いてみせた。

「再来週の日フィルとの木管五重奏でも、〈春〉やるんだよ。こっちはジュリオケでやったオーボエメインのやつ。おれは編曲もやるから、ホルンバージョンにアレンジし直すのはそんなにむずかしくない。時間も三分半くらいでちょうどいいし、五重奏に向いてる」

編曲までできるのかと内心舌を巻きながら、ぼくはつい上目づかいになってしまう。

「それが、その、編成の件なんだけどさ、じつは――」

低音担当のファゴットもバスクラもそろえられなかったと正直に告白すると、ルーはさすがにむずかしい顔をした。

「うーん。メロディがホルンってだけで、どれだけ音量を絞《しぼ》ってもらっても、おれたち木管にはかなり支えるのが厳しいからな。バランス的にはやっぱり下の音がほしいけど」

「ごめん。いっしょにやりたいと思える音が、なくて」

正直に告げて謝《あやま》ったぼくに、ルーは小さくため息をつく。「……ったく、年取った猫《ねこ》みたいにワガママなやつだな」だなんて、どっかのだれかもそんなこと言ってたね？

「クラリネットは誘《さそ》ったんだろ？　バスクラに持《も》ち替《か》えてもらえよ」

「……たぶん吹《ふ》いたことはあると思うけど……」

ぼくは小学校からブラバンクラブでいっしょだったシューコを思《おも》い浮《う》かべた。

バスクラは、一般的《いっぱんてき》にクラリネットと呼ばれているB♭管《べーかん》クラより一回り大きなクラリネットの仲間で、B♭管の一オクターブ下の低音域を吹くことができる。オーケストラではクラリネットの持《も》ち替《か》えは日常茶飯事《にちじょうさはんじ》だけど、ブラバンではそうでもないうえ、やっぱり楽器自体が高価なのでうちでは学校にしかない。いきさつ上、笹井先生の協力をあおいで学校所有のバスクラを借りることは不可能だし……。ぼくの説明にルーはため息をつく。

「最悪おれがアングレに持ち替えて中低音を補強するけど、低音とまではな」

「イングリッシュホルンまで持ってきてるんだ」

一応な、と事もなげにうなずくルー。さすが一流奏者だ。

ちなみにイングリッシュホルン、別名コールアングレは、ホルンと名前はついているけど、オーボエにそっくりで少し音域が低い、兄弟のような楽器。オーボエ奏者が音域低めのソロを吹《ふ》くときに、演奏中に持ち替えて吹くことが多いんだけど、中学レベルではそもそも学校にないのが当たり前だ。

「——まあいいさ、何か考える。いまできる編成で最高の四重奏《カルテット》にしてやるよ」

きれいに声変わりした低い声でそう言って、フェルメールブルーの瞳《ひとみ》を不敵に笑《え》ませるルーは、やっぱりむかつく。

それから、メンバーとなる黒沢とシューコについて説明していたら、ちょうどいいことに二人がそろってスタジオに入ってきた。もう七時か。

「いやあー、たまたま帰りがいっしょになってさあ。そこの公園で弁当、いっしょに食ってきちゃったァ」

アタマに手をやって、聞かれてもいないことをベラベラしゃべる黒沢の顔は、ピンク色の満足感でいっぱいだ。黒沢のうしろから入ってきたシューコは、そっけなくぼくに会釈《えしゃく》した。理由も聞かずにアンサンブルに参加を決めてくれたシューコだけど、ぼくを問いつめないところを見ると、黒沢から今回の事情は聞いているのかもしれない。二人に「ハァイ」とあいさつしたルーを見て、シューコは眼鏡の奥《おく》の目をみはる。

「……おいこら遠峰……天才野郎《やろう》が顔まで天才だってんなら先にそう言っとけよ。中条が惚《ほ》れちゃったらおまえの責任だからな」

黒沢がドスの利《き》いたひそひそ声でぼくを非難する。ぼくは肩《かた》をすくめた。そんな責任までとれないし、ルーを見て女子の目が釘付《くぎづ》けにならないほうがおかしい。

二人を案内してくれたらしい、あとからスタジオに入ってきた小山田先生がぼくらを見回して上機嫌《じょうきげん》で言った。

「若い演奏家がこんだけそろうと、熱気があってええなあ。かわいい女の子もおるし」

先生、発言がセクハラ親父《おやじ》まるだし。黒沢が愛想《あいそ》よくあいさつした。

「ちわす！　あらためて、これからよろしくお願いしまッス！　小山田先生のことは、うちのセンセからよく聞いてます」

え、いまそれ言うの、とぼくは引きつった。「うちのセンセ？」と首をかしげた小山田先生は、黒沢が師事する日フィルのフルート奏者の名前を告げたとたん、案の定、苦虫をかみつぶしたような顔をする。スタジオ貸してくれなくなったらどうするんだ。空気を読まない黒沢が無邪《むじゃ》気《き》に追い打ちをかけた。

「あれでしょ。うちのセンセと、第一ヴァイオリンの美人をめぐって泥沼《どろぬま》の三角関係になったとか。だいぶ世話になったって、センセから聞いてますよ」

「三角関係ぇ？」

ぼくはついすっとんきょうな声をあげてしまった。

オケの人間関係って、そういうことだったのか。何やってんだ小山田先生……。想像を絶するしょうもない理由に、思わず小山田先生を冷ややかな横目で見てしまうぼく。

「オッサン呼ばわりといい、いまどきの中学生、どないなっとんねん」とかぶつぶつ言いながら、先生はそそくさと退散する。できればぼくに知られたくなかったんだろうけど、こっちだってそんなの知りたくなかったよ。

そのあと黒沢がわいわい一人で騒《さわ》ぎながらシューコの分まで譜面台《ふめんだい》を立て、あっという間に二人はマイ楽器をかまえた。二人ともついさっきまで部活で練習してたんだ、アップは十分ってことだろう。

ルーは二人をリラックスさせるようにほほえみ、別人みたいに穏《おだ》やかな声音《こわね》で言った。

「はじめまして、おれは高崎竜樹《たかさき》、リュージュでいいぜ。楽器はオーボエ。二人のこと、カナデから話は聞いてる。これからよろしく」

黒沢とシューコは無言で会釈《えしゃく》を返す。二人とも管楽器奏者として、世界のトッププレーヤーとの対面に緊張《きんちょう》しているって顔だった。

「今回はリヒャルト・シュトラウスの『四つの最後の歌』から、〈春〉を演奏してもらう。アンサンブル用のアレンジはこれからおれがやるから、今日は好きに吹《ふ》いて音を聴《き》かせてほしい。譜面は次のギグまでに用意しとく。二人とも、リヒャルトは好き？」

ルーの質問に、黒沢は「まあまあかな」と首をかしげ、シューコは小さくうなずいた。

シュトラウスはフルートやクラリネットのための曲もいくつか書いている。それに交響詩《こうきょうし》「ティル・オイレンシュピーゲルの愉快《ゆかい》ないたずら」は吹奏楽《すいそうがく》コンクールの定番自由曲の一つで、習志野大付属中でも過去に何度か演奏していた。二人にとっても、シュトラウスはなじみ深い作曲家であるはずだ。

それぞれに音階練習やコンクール用の曲のおさらいをはじめた二人の音色《おんしょく》に、ルーは腕組《うでぐ》みしながら耳を澄《す》ましている。アレンジに活《い》かすため、それぞれの音の個性や、豊かに鳴らせる音域を見極《みきわ》めているのかな。ルーは二人の音、どう思ってるんだろう。

今日の二人の音色は――黒沢の槍《ランス》はいつもより太くて鋭《するど》い――好きなシューコと、勝手に恋《こい》のライバル視してるルーの前で吹《ふ》いてるからかな――いつもピッチが甘《あま》いシューコだけど、今日はまし――青いリンゴみたいな、どこか切ない色の音――うん、悪くない。

予想よりずっとすてきな二人の音に、ぼくはつられるようにして楽器をかまえた。

マッピに口づけて目を閉じ、ニューヨークの五月の風を思いだす。開演前のアリス・タリー・ホールを満たす客席のざわめき、寄せてはかえす波音のようなチューニング。ジュリオケの団員たちの足踏《あしぶ》み。ライトを吸って黄金の糸みたいにきらめくルーの髪《かみ》……。

死神の鋭い鎌《かま》でぼくのプライドを粉々にしたルーの〈春〉。ぼくならどう吹く。

レバーを押《お》さえ、覚えのあるフレーズを音にする。〈春〉のオーボエアレンジの完コピ。聴音《ちょうおん》は得意なんだ。イメージといっしょに自分の中に取《と》り込《こ》んでしまえば、一度聴《き》いた曲を忘れることはない。

元はソプラノ用の歌曲だけど、ホルンとしては比較的《ひかくてき》出しやすい中高音域の音がならぶ。だからこそむずかしい。ホルンはオーボエのような派手なヴィブラート奏法はできない。感情をどうやって音に乗せればいい？

ベルにいつもより深く右手を突《つ》っ込《こ》んでふさぎぎみにして、少しこもった音で丁寧《ていねい》にフレージングする。大げさな表現はせずに素朴《そぼく》に歌い上げよう。ルーの〈春〉の天上的な響《ひび》きとは違《ちが》う、ぼくの〈春〉はそばかすだらけの村娘《むらむすめ》が地声で歌う〈春〉だ。

雪解け、花曇《はなぐも》り、新しい季節のめぐりのはじまり。出会いであり、終わりのはじまり。死が人生の終点だとしたら、人生って、はじめから終わりのページが決まっている日記みたいだ。そんなことを嘆《なげ》くより、おそれ知らずに最初のページを開いて、落ちずにはいられなかった初恋《はっこい》を歌おう——ぼくがまだ知らない恋への、あこがれを込めて。

開きかけのスミレの花びらが脳裏《のうり》に浮《う》かんだところで、ぼくは唐突《とうとつ》に演奏をやめた。ちょうどアリス・タリー・ホールで、ルーがぼくに水入れをぶつけた箇所《かしょ》だ。もちろん止めたのはわざとだよ、腹立たしいったらないからな！

まぶたを上げると、黒沢もシューコもやけにまじめな顔でぼくを見つめていた。

ルーは、驚《おどろ》いたようにぼくを見つめている。思いだしたかよ、ばーか、とにらみつけると、ルーはどこか嬉《うれ》しそうに唇《くちびる》をうっすらとつり上げた。

「……ブラヴォ。こないだより、ちょっとはましだな」

ルーとぼくとの間に、バチバチッと火花が散る。

リュージュ・タカサキ。そこで、ぼくの隣《となり》で、ぼくの〈春〉を見ていろ。ぼくは天才じゃない、でもこいつだけには負けたくない。今度はぼくがマッピを投げつける番だ。

第四楽章

ディスハルモニー――不協和音

家に帰ると、リビングの時計の針はすでに九時を回っていた。

夕食の時間はとっくにすぎているのに、キッチンでは母さんが包丁を使っていた。母さんはコンビニの制服を着ている。母さんはいつでもレジに入れるように研修は受けているけど、裏方として経理を担当して、これまで現場に出たことはないはずだった。

ぼくがリビングに入ると、母さんは振《ふ》り返《かえ》らずに「おかえり」と声をかけた。

――母さん、レジに入ってたのか。

全然知らなかった。もしかしたら、一昨日《おととい》いなかったのもそのせいだったんだろうか。

さらに驚《おどろ》くことに、ダイニングテーブルでは酔《よ》っ払《ぱら》って顔を真っ赤にした父さんが、ビールを飲んでいた。父さんはお酒が苦手で、家で飲んでいるところはほとんど見たことがないのに。父さんはぼくに気づくと、トロンとうるんだ目でこっちを見て言った。

「カナデか。今日もたくさん吹《ふ》いてきたか」

ぼくがぎこちなく「うん」と答えると、「そうか、がんばれよ」と、またコップのビールをあおる。母さんはつまみでも作っていたのだろうか。でも父さんがぼくに話しかけたとき、包丁の音が止まったことにぼくは気づいた。

ぼくは、まだ何か話したそうにしている父さんを無視して、足早に階段を上がった。いま口を開けば泣いてしまいそうなくらい、情けなく動揺《どうよう》していた。よく知っていたはずの世界に大きなヒビが入って、みしみし割れていく。日常が割れる音がする。マツリが言ってたことは、何もかも正しかったんだ。

階段を上がってすぐの自室に逃《に》げこもうとしたとき、視線を感じた。隣《となり》のドアが少し開いて、部活のトレーニングウェア姿のままのマツリがぼくを見ていた。外練のせいでよく日焼けした顔が今日はやけに白く見える。気まずさなんか忘れて、声をかけた。

「姉ちゃん。母さんたち、どうしたの」

「……大げんかしてたんだよ。お金のこと。あんた、いなくてラッキーだったね」

あんな父さん、はじめて見た。下に聞こえないよう、声を押《お》し殺《ころ》してささやくマツリの表情には、こないだみたいなぼくへの憎《にく》しみは感じられない。まだいっしょの部屋で寝《ね》てた子どものころ、昼は男みたいに気が強いくせに、寝る前、電気を豆球にしたときによくこんな顔をしてた。頼《たよ》りない表情。きょうだいのぼくに助けを求めている顔だった。

こいつを何とかしてやらなくちゃという思いで、あせって口を開く。

「心配いらないよ。ぼく音楽やめるから、もうじき。だから……だから母さんたちも」

「……何なのよ。そういうことじゃないのよ」

マツリは顔をくしゃくしゃにすると、ドアの内側に引《ひ》っ込《こ》んだ。

――じゃあ、どういうことなんだよ。

音がしないように、ドアをうしろ手で静かに閉めて自室に入ったけど、本当はドアをひっぱたきたい気分だった。まだ音楽やるのかって、自分が文句を言ったんじゃないか。みんな勝手だよ。それにだれも肝心《かんじん》の大事なことを言わない。ぼくはどうすればいい。楽譜《がくふ》と違《ちが》ってこの日常に指示記号はついていない。

――今日もよく吹《ふ》いてきたか、って。

あんな言い方されたら、自分から音楽やめるなんてとても父さんに言いだせない。

ぼくがガキだから？　だから、会社がうまくいってないことをマツリには言うくせに、ぼくにはだんまりのまま、期待してるなんて勝手なことだけ言うのか。卑怯《ひきょう》だよ、父さんも、平気なふりでタマネギ刻んでる母さんも。


二日後の午後六時半、約束の時間にアインザッツにやってきたルーは、スタジオでロングトーンしていたぼくを見るなりパチパチと目を瞬《まばた》かせた。

「おまえ、その音。何かあったか?」

小山田《おやまだ》先生といい、ぼくってそんなにわかりやすいかな。

「別に、何もないよ」

マッピから口を離《はな》してルーを見上げたぼくに、ルーは立ったままバックパックから楽譜《がくふ》の束を差しだした。ホルンと、クラリネットと、フルートのパートがすべて書き込《か こ》まれている、いわゆる総譜《スコア》というものだ。五線譜に手書きってことは、この二日でルーがアレンジを仕上げてくれた〈春〉の楽譜なんだろう。ウソだろ、こんな短期間で……。

ぼくは両手で顔をおおってため息をつく。

「……きてくれて、ありがと。あとアレンジも」

自然に言葉がこぼれた。ルーがどんなにむかつくやつであろうが、すでにコンサートプロレベルの演奏家で、自分のキツい練習後にわざわざ編曲までやってくれたことには変わりない。再来週には日フィルとの木管五重奏の本番もある。ルーが何を考えているのかはわからないけど、冗談《じょうだん》や酔狂《すいきょう》じゃここまでできないって、ぼくはよく知っている。

この二日間、重く垂《た》れ込《こ》めていた雲に晴れ間がのぞく。ルーの総譜《スコア》が雲を切《き》り裂《さ》いた。

手をどけると、これまでで一番びっくりした顔のルーがいた。ぼくの言葉に、ちょっと照れたように「……いいよ」とそっぽを向く。

手書きの総譜のざらざらしたインクをなでて、一小節目から夢中で音を拾っていく。

フルート、オーボエ、クラリネットの透明感《とうめいかん》ある和音で四重奏がはじまる。四小節目からはじまるホルンのソロ。フルートとオーボエが基本的に和声やユニゾンで動くのとは違《ちが》って、クラリネットは、かなりの低音からの十六分音符《ぶおんぷ》のスラーの跳躍《ちょうやく》進行をほとんど全曲にわたって繰《く》り返《かえ》している。オケでは低音弦楽器《げんがっき》やファゴットが担当しているパートをクラリネットの動きでうまくカバーしてくれているわけだけど、これは……。

「このクラの音域、バスクラじゃん」

思わず声をあげたぼくにニヤリとし、ルーは持ってきた楽器ケースをあごでしゃくった。いつものオーボエケースのほかにもう一つ。ふつうのクラリネットのケースよりだいぶ大きな、バスクラのケースだ。

「再来週いっしょに五重奏やる、日フィルのクラリネット奏者に借りてきてやったぞ。やっぱりいるだろ、低音」

「えええっ」

「何本か持ってるから平気だって。本番聴《き》きにくるかもって言ってたぞ」

平然と言って、ちょっと得意げな顔をするルー。そんな表情をすると年相応に見えるけど、問題はそこじゃない。日本最高峰《さいこうほう》のプロの、たぶんすごく高価な楽器を、ちょっと隣《となり》の席のやつに消しゴム借りるみたいなノリでぽんっと借りてくるなんて。しかもロビージャックを見にくるって、授業参観じゃあるまいし。色々あせってしまうぼくをルーは、不思議そうに小首をかしげて見ている。

問題はそれだけじゃない。いくつかあるオーボエの眷《けん》属《ぞく》楽器をすべて吹《ふ》きこなし、ふだんプロレベルの奏者に囲まれているルーにはわからないと思うけど……。

マイ楽器すら持っていない中学生に、持《も》ち替《か》えってそんなに簡単じゃないんだ。

バスクラはごつい外見に反して、繊細《せんさい》な楽器だ。指使いはB♭管《べーかん》クラリネットと同じだけど、必要になる奏法が微妙《びみょう》に異なるし、吹き口も大きいし、図体《ずうたい》がでかい分、音程を合わせるのもむずかしいらしい。

（ただでさえピッチ合わせが苦手なのに、大丈夫《だいじょうぶ》なのかなシューコ……）

それからはルーと二人で手分けして、総譜《スコア》からそれぞれのパート譜《ふ》に写譜する作業にてんてこまい。スコアはピアノと同じC調《ツェーちょう》で書かれている。同じC管で演奏するオーボエとフルートはいいけど、ホルンは基本的にF調《エフちょう》、バスクラはB♭調《ベーちょう》楽器なものだから、移調もしなくてはまともにパート譜が読めない。さすがのルーも無駄口《むだぐち》をいっさい利《き》かずに、ぼくたちはひたすら各パートを、それぞれの調に合わせて五線譜にがりがりと書き写していった。

七時すぎには黒沢《くろさわ》とシューコの二人も合流して、前途《ぜんと》多難の予感がひしひしする二回目の練習がはじまった。

スタンドに立てかけられた借り物のバスクラリネットを前にして、案の定、シューコは不安そうな顔をした。長々とした漆黒《しっこく》の本体、朝顔のように上を向いた銀色のベルは磨《みが》き込《こ》まれていて美しい。組み立てを横で見ていた黒沢が「うはあ、高そう」と変な声をだした。

「私、あんまり吹《ふ》いたことないんだけど、バスクラ……」

自信なさそうにつぶやくシューコにかける言葉がない。シューコはふつうのB♭管で参加するつもりだったろうから、不意打ちのようなものだ。

「どうせおれ以外は全員どヘタなんだから、気にすんな。どうしても無理そうだったら早めに言え。別の手を考えてやるから。楽しくいこう」

口は悪いけど、ほほえみは極上《ごくじょう》というルーのギャップを間近で見せつけられて、シューコはちょっと頰《ほお》を赤らめた。黒沢が「ああ?」と地をはうような声音《こわね》で無駄《むだ》な威嚇《いかく》をする。

「ううん。私もいつかバスクラにちゃんと挑戦《ちょうせん》してみたいと思ってたから」

シューコが心を決めたように言ってくれたので、ぼくはほっとした。

最初の三十分は譜読《ふよ》みの時間にあてられた。アレンジした本人のルー、すでに主旋律《しゅせんりつ》を覚えているぼくと違《ちが》って、あとの二人にとっては初見の譜面だ。二人とも、無言で譜面台に向かい、一心不乱に曲をさらいはじめる。

とはいっても四分に満たない長さの曲だし、二人とも小学生からの経験者。三度、六度、八度、四度の跳躍《ちょうやく》進行からはじまるバスクラの連続スラーだって、むずかしいとはいっても、木管楽器であれば無理なく演奏できる範囲《はんい》のはずだ。

——そう楽観的に思っていたんだ、音合わせのときまでは。

譜読みとチューニングを終えて、このメンバーでやる最初の合奏《トゥッティ》がはじまった。

メインの楽器といってもぼくのソロは四小節目からだ。オーボエのルーが目線と楽器のふりであとの二人に入りの合図《アインザッツ》を送り、三人の和音がそろう。うん、バスクラがちょっと音程低いけど、そこまで悪くない。

すぐにバスクラが和声から分離《ぶんり》して、跳躍《ちょうやく》をはじめる。ぼくは思わず顔を引きつらせてしまった。たった二小節ですでに音を二つ間違《まちが》えている。息が入りきってなくて、クラリネットの低音特有の暗くて豊かな響《ひび》きがほとんど出ていない。肝心《かんじん》の跳躍進行だって、スラーの中で十六分音符《ぶおんぷ》があっちこっちに跳《は》ねて粒《つぶ》がばらばら。パックから出して持ち上げたとたんにポロポロこぼれる、古いブドウの実みたいだ。

ぼくはほとんど狼狽《ろうばい》しながらソロに入った。

最初の音は五線の下のE《エス》♭、四分音符から。舞台《ぶたい》の上で朗々と歌う女性の声をイメージしてテヌートぎみに入る。歌曲には歌詞がある。流れをぶった切らないように、くれぐれも息継《いきつ》ぎとフレージングには気をつけて。このアレンジには、ぼくが出すのがむずかしい音や吹《ふ》きこなせない複雑なパッセージは何ひとつでてこない。だからこそ音の深みと表現力が問われるんだ。

でも左隣《ひだりどなり》のシューコの音が気になりすぎてとても演奏に集中できない。アタマの中をスーパーボールみたいに跳ね回るブドウの実を必死になって消しながら、何とかミスなく吹いていく。

ルーは言わずもがな、黒沢もアタマからノーミスでけっこういい音を鳴らしているというのに。結局ぼくは最後の小節まで自分らしい表現を何ひとつできずに終わった。アンサンブルとしてもひどいものだ。

ルーは黙《だま》っているけど、正直顔が見られなくてうつむいてしまう。

「ま、最初だからさ。初見だし、ふつうだろ」

自分はノーミスだったくせに、シューコをかばうようにそう言った黒沢の言葉にあわててうなずきつつ、ぼくはかなり動揺《どうよう》していた。

ピアノのユースケさんほどではないけど、ぼくも初見が得意なほうだからか、きっとシューコも大丈夫《だいじょうぶ》だろうと思《おも》い込《こ》んでいた……。これがふつうだとしたら、ぼくはふつうってものがわかっていないのかもしれない。

「ごめんね」と泣きそうな顔でシューコがみんなに謝《あやま》る。

「……大丈夫だよ。まだこれからだから」

だめだ、無理を聞いてもらったぼくのほうがイライラしちゃ。内心のいらだちを必死に隠《かく》しながら、努めて穏《おだ》やかにそう声をかけたぼくを、ルーがじっと見つめていた。

だけど、シューコの調子はそれから右肩下《みぎかた》がりに悪くなっていった。

最初の合奏のあと、ぼくらは連日アインザッツに集まってアンサンブルの練習をした。ルーや、時々は小山田先生の指導のたまもので、音色《おんしょく》や縦の動きはかなりそろってきたけど、要のバスクラがなかなか上達してくれない。

スラーの跳躍《ちょうやく》に手こずっているうえ、本人に迷いがあるのか、最初はそこそこ合っていた音程まで狂《くる》ってきた。シューコもそれをわかっていて、音程を気にすると、スラーの跳躍がおろそかになる。跳躍がうまくいったかと思えば、今度は音程が合わなくなる。

ルーは意外にも、かなり細やかな指導をしてくれている。

「だんだんよくなってきてる。十小節目《バー・テン》の跳躍、一度スラーを外して吹《ふ》いてみろ」

声を荒《あら》らげることもなければ、彼《かれ》からすればはるか下のレベルにいるシューコに愛想《あいそ》をつかすようすもない。はげまし、演奏に的確なコメントをして、基礎練《きそれん》レベルから根気よくアドバイスを出す。でもいかんせん、シューコの上達のスピードが遅《おそ》すぎる。本番まであと少ししかないのに。

ロビージャックの日まであと一週間という金曜日の夜、いきづまった空気をほぐすようにはさんだ休憩《きゅうけい》時間のときのことだった。

曲をさらっているぼくに黒沢が近づいてきて、こそこそと言った。

「おまえ、雰囲気怖《ふんいきこわ》いよ。余計プレッシャーかけちまうって」

シューコのことだろう。当の本人は気分転換《てんかん》に夜の空気を吸いに出ている。ルーはぼくらの会話には知らんぷりで、自分の椅子《いす》で総譜《スコア》の見直しをしていた。

「同じ木管として言わせてもらうけど、技術的にはもうできてんだよ。音のミスもなくなった。でも力が入りすぎちまってるんだ。あれじゃ、吹《ふ》けるものも吹けねえ」

「……ぼくがプレッシャーかけてるからだって言いたいのか」

ぼくはつい顔をしかめてしまった。わざわざそうしているつもりは少しもないけど、あと一週間だというのに全然曲が仕上がっていないのは事実だ。

「楽器を演奏するのに、プレッシャーのかからない状況《じょうきょう》なんてない。本番はだれも助けてくれないし、アドバイスもくれないよ。自分で乗りこえるしかない。舞台《ぶたい》の上じゃ、だれだって、いつも一人なんだから」

つい声が冷たくなってしまうのは、ぼくが常々そう思っているからだった。

練習、練習、練習。膨大《ぼうだい》な練習量だけが、ぼくたち奏者の自信のなさを補ってくれる。楽器と楽譜《がくふ》をのぞくと、舞台に持ち込《こ》めるものはそう多くはない。一度舞台の上に乗ってしまえば、これまで積み重ねてきた練習が唯一《ゆいいつ》の武器になる。ふつうの中学生がする遊びを少しもできなくても、付き合いが悪いとどれだけ言われても、ぼくはそう信じて毎日唇《くちびる》がはれるまで練習してきた。

同じことを、好意でバスクラを引き受けてくれたシューコに求めるのは間違《まちが》いかもしれない。でもシューコがプレッシャーに勝てないというなら、それはシューコが一人で何とかしないといけない問題じゃないのか。

「……おまえなあ……」

黒沢は、額を押《お》さえてはーっとため息をついた。それから何か言いかけて彼《かれ》が口を開こうとしたそのとき、防音ドアが開いてシューコがスタジオに戻《もど》ってきた。

ぼくらの険悪な雰囲気《ふんいき》に少しひるんだような、おどおどした表情になる。

いったい何を考えているのか、総譜《スコア》から目を上げたルーがそしらぬ顔で言った。

「じゃあ再開しよう。もう一度アタマから」

最悪の雰囲気のままふたたびはじまった合奏は、当然のようにさっきよりひどい出来だった。黒沢まで調子が乱れて、さっきまで合っていたはずの伴奏《ばんそう》の縦の動きまで合わなくなった。音色《トーン》もばらばら。太く堂々としていた黒沢の槍《ランス》は必要以上にとがってやせ細っているし、シューコの音は子リスみたいにおびえている。そんな中でルーが一人、天上から音を響《ひび》かせている。アタマが四つある蛇《へび》が、それぞれの赤い舌をちらちらのぞかせて、ぼくを正面からにらみつけているのが脳裏《のうり》にかいま見えた。

——吐《は》き気《け》がする。ぼくはトイレに駆《か》け込《こ》みたいのをぐっとこらえて、ひたすらマッピに淡々《たんたん》と息を送り続けた。合わないアンサンブルがここまで不快なものだったなんて。

やっとソロが休みに入る。曲が一番の盛り上がりを見せる中盤《ちゅうばん》の和声部でシューコが大きく音をひっくり返したとき、がまんはとうとう限界に達した。

やばい。あわてて椅子《いす》にホルンを置く。呆気《あっけ》にとられているメンバーを尻目《しりめ》に、廊下《ろうか》の突《つ》き当《あ》たりにあるトイレに駆け込む。洋式便器のフタを開けて、今日の弁当の中身を一気に吐きだした。震《ふる》える手でレバーハンドルを回して全部流してから、洗面台で汚《よご》れた口をすすぐ。慣れきった作業だけど、今日はいちだんとひどい気分だ。

嫌《いや》がる足を強《し》いてスタジオに戻《もど》ると、異様な雰囲気が出迎《でむか》えた。まなじりをとがらせた黒沢が立ち上がってぼくに食ってかかる。

「どこ行ってたんだよ。言いたいことあるなら口で言えっ。イヤミなことしててんじゃねえ」

ぼくは言葉につまった。音が気持ち悪いから吐いてきましたとはとても言えない。ぼくの吐きぐせを知っているシューコは真っ青な顔をしている。ルーは……何を考えているかわからない。痛いほどの視線を感じるけど、とても目を合わせられない。

みんなの前で自分の一番弱い部分をさらけだしてしまった恥《は》ずかしさと屈辱感《くつじょくかん》がぼくをぐちゃぐちゃにする。混乱しきったアタマのまま口を開いた。

「――もういいよ。バスクラなしにして、B♭《ベー》クラに変えよう。無理させて悪かった」

「おい、何言ってんだ」黒沢が顔色を変える。「いまさらそんなん、できるわけないだろ。中条《なかじょう》がどんだけがんばってると思ってんだよ」

「でもこんなの、レオニード・アブトに聴《き》かせられるレベルの演奏じゃない！」

「……てめえ」

黒沢がぐっと拳《こぶし》をにぎり込《こ》むのが見えた。殴《なぐ》られる、と目をつぶった瞬間《しゅんかん》、シューコの小さな声が割って入った。

「もうやめて。私もバスクラ、やめるから」

震《ふる》えているけど、強い声だった。

「一人だけレベルが低いのはわかってるし、悪いと思ってる。でもカナちゃんだって、ちっとも私の音聴《き》いてないじゃない。私、カナちゃんと演奏してても楽しくない」

思いのほかキツいまなざしでにらまれて、ぼくはたじろいだ。

ぼくが、シューコの音を聴《き》いていない……？

何も言えずに立ちすくむぼくの目の前で、シューコはスタンドのバスクラを片づけはじめる。彼女《かのじょ》の目には涙《なみだ》が浮《う》かんでいる。「ちょっと待てよ」と、おろおろと止めに入る黒沢にかまわず、さっさと片づけて、ぼくには目もくれずに出ていってしまった。

「……ごめんね、リュージュくん」

ルーにアタマを下げて、そう謝《あやま》って。

しん、となったスタジオの中で自分の心臓の音だけがやけに大きく響《ひび》いている。

黒沢にぐいっとシャツの襟《えり》もとをつかまれ、壁《かべ》に背中を叩《たた》きつけられた。息がかかるほど間近から、怒《いか》りをあらわにした瞳《ひとみ》に見下ろされる。

「――女泣かしてんじゃねえよ、だっせえ。ちょっとはマシなやつかと思ったけど、てめえはやっぱりただのデストロイヤーだ。中条が抜《ぬ》けるなら、おれも抜ける。天才様はずっと一人で吹《ふ》いてろよ」

そのまま楽器を片づけ、足音も荒《あら》くスタジオを出ていってしまう黒沢。ぼくはみっともなく腰《こし》を抜《ぬ》かして、へなへなと壁際《かべぎわ》に座《すわ》り込《こ》んだ。これで、スタジオに残ったのはルーとぼくだけだ。

ルーはわれ関せずというように、優雅《ゆうが》に音階練習なんてしている。

花の間を蝶《ちょう》が舞《ま》うような超絶技巧《ちょうぜつぎこう》を聴《き》きながら、意味もなく手の爪《つめ》をごしごしこする。

……またやっちゃったんだ。また傷つけた。シューコはきっと、自分のせいでぼくが吐《は》きにいったって思ってる。

なんでぼくってこうなんだろう。デストロイヤーって言われても何も言い返せないよ。呆然《ぼうぜん》としているぼくに、突然《とつぜん》ルーが言った。

「あいつらのこと、追いかけないのか？」

さらりとたずねるルーの顔を振《ふ》りあおいだぼくは、目をみはった。ぼくを見る、冷ややかなフェルメールブルー。でも驚《おどろ》いた理由は別にある。

ルーの顔色がひどく悪い。心なしか、息も少し浅いみたいだ。いつから？　合奏中もずっとこうだった？　そういえば、今日はまともにルーの顔を……いや、だれの顔も正面から見ていなかったことに気づく。音にはまったくあらわれていなかったのはさすがだけど、もしかしてルーは体調が悪いんだろうか。

「ルー、だいじょう……」

「うるさい。追いかけないのかって聞いてんだ」

ルーは舌打ちでぼくの問いかけをさえぎる。

「——どの面《つら》下げて追いかけるんだよ。もうやめる。どうせぼくなんかが、他人をアンサンブルに誘《さそ》うこと自体間違《まちが》ってたんだ」

溶《と》けかけのナメクジみたいにぐじぐじ嘆《なげ》くぼくに、ルーは目をすっと細める。

「ぼくなんか、ね。ちょっとうまくいかないからって、もう投げだすのか。意気地《いくじ》なし」

「ちょっとって、ルーだってわかってるだろ!? ぼくらの演奏のレベルが低いの」

「ぼくら? レベルが低いのはおまえだろ。アブトに落とされたのもわかるぜ」

完璧《かんぺき》な形をしたルーの唇《くちびる》が、あざ笑うようにゆがんだ。一番言われたくなかったことをはっきりと言われ、アタマにかっと血が上る。

「何だよ、その言い方」

「どうして待ってやれなかった? クロサワの言うとおり、シューコは技術的なことはほとんどできてた。あとは自信をつけるだけだった。なのにおまえは彼女《かのじょ》の音を、彼女自身を知ろうともしなかった。周りが見えてないバカがガキくさい暴走をしたせいで、これまでの彼女の努力が一瞬《いっしゅん》で粉々だ。それが音楽家のすることかよ」

おまえには失望した——。ゆっくり、くっきりとした発音でそう言われて、頬《ほお》にまともにビンタを食《く》らったような衝撃《しょうげき》を受ける。

「おまえはだれの音にも愛されない、愛しもしない、できそこないのホルン吹《ふ》きだ。おまえなんかのために、わざわざ日本にきて損したぜ。おれの貴重な時間を返せってんだ」

「な――なんでそこまで言われなきゃいけないんだよっ。だいたい、ぼ、ぼくのためって何だよ。ぼくはそんなの頼《たの》んでない。ルーが勝手に日本にきたんだろっ」

売り言葉に買い言葉で、ついどなってしまう。

「取り消せよ」

冷たすぎる声にはっとして、ルーを見ると、怖《こわ》いくらいまじめな顔をしたルーがぼくをにらみつけていた。

「その言い方だけは、許せない。おれのことを何も知らないくせに」

アタマの中が真っ白になる。気がつくと、もたれた壁《かべ》をだんっとうしろ手で殴《なぐ》りつけていた。

もう嫌《いや》だ、何もかも。ぼくに触《ふ》れてるこの壁も床《ゆか》も、天井《てんじょう》の明るすぎる蛍光灯《けいこうとう》も、楽器オイルの匂《にお》いがする空気も、嫌だ。言葉が嫌だ、人間が嫌だ、自分も他人も家族も嫌だ。何ひとつ、通じないなら、ないのと同じだ。夢中で叫《さけ》ぶ。

「ふざけんな、おまえこそぼくの何を知ってんだ？　一度でも人の才能を妬《ねた》ましいって思ったことあるか？　演奏のプレッシャーでトイレに吐《は》きにいったことあるのか？　おまえみたいな、なんでも持ってて音楽の神様に愛されてる本物の天才に、元天才なんて呼ばれてるやつの、ぼくの気持ちがわかるのかよっ！」

宇宙空間に放りだされたみたいな、一瞬《いっしゅん》のおそろしい静寂《せいじゃく》。そして横《よこ》っ面《つら》をものすごい衝撃《しょうげき》がおそった。

え？　え？　右頬《みぎほお》を押《お》さえるとじんじん熱い。今度はたとえじゃない。

片手で頬を押さえながら、あぜんとしてルーを見る。ぼくの頬をようしゃなく張ったルーは、にぎり込んだ拳《こぶし》をふるわせていた。皮肉を言ったりばかにしたり、いつもマイナス方面に表情豊かなルーの顔だけど、いまはすっかり血の気が失《う》せている。

「……ああ、わからないね。おまえとおれとは、別人だからな。はっ、わかってもらいたいとか、わかってもらえるかもなんて、考えるほうがピエロだ。結局おまえは何もわかってないんだ。自分のことも、他人のことも、音楽のことも――おれのメッセージも」

「メッセージ？」

ばかみたいにオウム返しするぼくに、青ざめたルーが首を振《ふ》る。

「――もういい。明後日《あさって》のステージが終わったら、おれはニューヨークに帰る。ロビージャック・アンサンブル、やめよう。こんなんで、四重奏なんてできねーだろ」

頬《ほお》を押《お》さえたまんま、ポカンとしているぼくに背を向けて、ルーはオーボエとバスクラのケースをわしづかみにする。それから、あろうことか大事な楽器を丸のまま脇《わき》に抱《かか》えて、ぼくにはもう目もくれずにスタジオを出ていった。

四人分の譜面台《ふめんだい》と椅子《いす》だけが残されたスタジオで、ぽつんと座《すわ》り込《こ》むぼく。

――そしてだれもいなくなった。のか。

部屋を出てくとき、ちらりと見えたルーの横顔。本当に傷つくと、人間って無表情になるんだ。きっと、言ってはいけないことをルーに言ってしまったんだろう。深く、深く、傷つけた。ルーの心は見えないけれど、何が引き金を引いたのかははっきりしてる。ぼくの八つ当たり、ピリオド。

しばらくふぬけていると、コンコンとノックの音。のろのろ顔を上げると、いつの間にか、黒沢が開けっぱなしにしていったドアから小山田先生が顔をのぞかせていた。あきれはてた表情で部屋に入り、ぼくを見下ろす。ルーとの一部始終を聞かれてたんだろうか。

ぼくは力なくつぶやいた。

「先生……ぼくって、最後までデストロイヤーなのかな……」

「──このままやったら、そうやな」

小山田先生はあごをポリポリ掻《か》いたあと、深いため息をついてそう言った。

「そういやおまえ、昔からアンサンブルが苦手やったなぁ。ごまかしようがないほど近くで、おたがいの音をずっと聴《き》かなあかん。嫌《いや》なもんやし、恥《は》ずかしい。でも、さらけだすんがアンサンブルやしな。相手の最高の音もミスも受け入れて、自分もまた受け入れてもらう、ちゅうこっちゃ。いまのおまえは、招待状も送らんと結婚披露宴《けっこんひろうえん》ひらいて、だれも来てくれへんて泣いとるアホ。あ、たったいま花嫁《はなよめ》にも逃《に》げられたんやったか」

かかかと笑う小山田先生に、言い返す気力すらない、ちくしょう。

ツバ抜《ぬ》きもそこそこにホルンを片づけて出ていくぼくのうしろで、ヒゲクマがつぶやくのが聞こえた。

「しかしおまえら四人、愛が足らんなあ。ホルン界一の色男いわく、音楽を愛することは、だれかを好きになることに似ている──」

「だれの言葉?」

「小山田明《あきら》大先生。おまえらのアンサンブル、あれや。結婚はしたけど初恋《はつこい》はまだですって音」

「……同じオケで三角関係よりまし」

ノンストップの雑言にせめてもの一矢《いっし》を報《むく》いて、ぼくは独りでアインザッツをあとにする。いわく、遠峰奏《とおみねかなで》には愛がわからない。

時刻はもう八時半をすぎていた。自転車で夜道をぶらぶらこいで、自宅に向かう。変速ギアも上げてないのにペダルが重い。もう五月も末だけど、頬《ほお》に当たる風は、息が白くなるんじゃないかと思うくらい冷たかった。

家の最寄《もよ》りのコンビニに、部活帰りだろうか、地元の公立校のジャージを着た生徒たちが、わいわい言いながら自動ドアに吸《す》い込《こ》まれていく。ぼくも、季節外れのおでんでも買って、公園で食べようか。

——つまりぼくは、家に帰りたくない。

また赤い顔した父さんに、「今日もよく吹《ふ》いたか」なんて聞かれたら？　今日ばっかりは、顔を見てうんと返事する度胸はない。

車輪をからから回して、コンビニ前で自転車をとめる。鍵《かぎ》をかけたちょうどそのとき、コンビニの自動ドアが開いて、中から人がでてきた。

「あ」

「……あ」

Tシャツにジャージの下、そしてうすいパーカーを羽織ったシューコがぼくを見て目をみはっていた。湯上がりなのか、おろした長い髪《かみ》がしめっている。ほのかにただようシャンプーの香《かお》りに、自分でも驚《おどろ》くほどどひるんだ。

シューコは眼鏡の奥《おく》から、大きな目を見開いてぼくをにらんでいる。ぼくはさぞかし情けない顔をしているんだろう。真冬の楽器用グリスみたいに硬直《こうちょく》して、シューコの前に突《つ》っ立《た》っている。

その間にも、コンビニのドアが開いては閉じる。そのたびに響《ひび》く、自動再生みたいなイラッシャイマセ、アリガトウゴザイマシタ。ぼくの口からも、そんなふうに簡単に言葉が出てくればいいのに。

部活の練習室での出来事のように、何を言っても相手を不快にさせてしまうような気がして、言いたいことが喉《のど》で凍《こお》りつく。

唇《くちびる》を開いて、酸欠の魚みたいにぱくぱくさせ、力なく閉じる。初めに戻る《ダ・カーポ》。

（ごめん。ぼくが一人であせってた。吐《は》きにいったのは、シューコのせいじゃない。ぼくが弱いからだ。ルーにも黒沢にも謝《あやま》って、きっと戻《もど》ってもらうから……だから、もう一度戻って。ぼく

と楽器を吹《ふ》いて）

——これだけのことが、どうして言えないんだろう。

デストロイヤーって、壊《こわ》し屋って意味。まさにぼくじゃないか。

目頭《めがしら》が熱くなる。ぼくはどうしようもないクソ野郎《やろう》で、ルーをあれだけ傷つけて去らせ、小山田先生に背中を押《お》してもらっても変われないでいる。

自分の音楽に必要だからと、無茶な計画に誘《さそ》ったのはぼくなのに。人の好意を、気持ちをめちゃくちゃに壊しておいて、修復もできないでいる。

小学校のブラバン練習の光景をまた思いだす。あのとき、ぼくが練習をぶち壊したせいでみんなが出ていくのを黙《だま》って見送った。あのときも本当は言いたかったんだ。今度こそ上手にやるから、またいっしょに吹いてくれって、出ていく子を引きとめたかった。

でも無理だ、みんなには簡単かもしれないそんなことが、ぼくには、とてつもなくむずかしいんだ。

シューコは、大きな黒い瞳《ひとみ》をじっとこらして、黙りこくったぼくを見つめている。

「ぼく……ぼくは」

うつむいて、両手の指先をこすり合わせ、震《ふる》えをごまかそうとして失敗する。

額のあたりに視線を感じるけど、シューコはこんなぼくを、いったいどう思ってるんだろう。ふいに深いため息が聞こえて、ぼくは身体《からだ》をすくませた。

おそるおそるアタマを上げたぼくを、腕組《うでぐ》みをしたシューコが見すえていた。

「――あのさ。明日の土曜、ちょっと付き合ってよ。どうせ昨日の今日で、合奏も何もないでしょ」

ぽかんとするぼくに、ミステリアスなほほえみを浮《う》かべる。

「カナちゃんに、私を知ってほしい」

京王井《けいおうい》の頭線《かしらせん》の井の頭公園駅改札に、午後二時ちょうど。楽器持ってきて。それから、言っとくけどこれ、たまたまだからね。いつもはコンビニでも、ジャージとか、着てかないから。

そう言い残すと、シューコは、戸惑《とまど》うぼくを残して、さっそうと駐輪場《ちゅうりんじょう》をあとにしたのだった。


翌日の土曜日は雲一つない快晴となった。昼飯を食い、十二時半ごろに自転車で家を出て、最《も》寄《よ》りの京成線《けいせいせん》ではなくＪＲ津田沼駅《つだぬまえき》に向かう。吉祥寺《きちじょうじ》で京王線に乗《の》り換《か》えて、井の頭公園駅まで。千葉の習志野《ならしの》からは一時間以上もかかる長い道のりだ。シューコは吉祥寺でいったい何の用があるというんだろう。

家族連れにまぎれて井の頭公園駅で降りる。一つしかない改札手前で足が止まった。改札口のすぐ向こうに、シューコと黒沢の姿があったからだ。

とたんに、緊張《きんちょう》で朝から縮みきった胃が、さらにぎゅうっと引《ひ》き絞《しぼ》られる。

二人とも楽器ケースを手に提《さ》げている。改札をくぐるぼくに気づくなり、黒沢は気まずそうに顔をしかめた。ぼくはしかたなく、無言で二人のそばに立った。

シューコのやつ、いたずらが成功したような顔でぼくを見てる。いつもの眼鏡はコンタクトにして、ダメージデニムにピンクのイン。黒レースのトップスをさらりと着こなしたシューコはいつものおとなしそうなイメージと大違《おおちが》いだ。

三人がそろっても、シューコが改札から移動するようすはない。しばらくして「黒船野郎《やろう》、やっぱめだつなあ」と黒沢がぼやいたので駅のコンコースのほうを見ると、案の定、オーボエケースを手に提げて歩いてくるルーの姿があった。白いTシャツにチノパンというありふれた格好に長い手足を包み、ベビーカーの群れを横切ってくる。

黒船はドイツじゃないだろ……あ、ジュリアード《アメリカ》か。

ルーはぼくと視線が合うなり、苦虫をかみつぶしたような顔で目をそらしてつぶやく。

「……シューコに呼ばれただけだから」

どうやらシューコは三人のメンバー全員に、個別で連絡《れんらく》を取ったようだった。あれほどぼくに激怒《げきど》していたルーを、どんな文句で誘《さそ》ったっていうのか。

そろった男どもを女王様が家臣を見るように満足げに見まわして、にっこりと笑う。

「さ、いこ。ところでみんな、カエルの歌って知ってるよね――」


改札を出るとすぐそこに井の頭の森が広がっている。生まれも育ちも千葉の習志野というぼくだけど、小さいころから家族といっしょに何度かきたことがある公園だ。

弁財天がまつられている井の頭池に沿って、奥《おく》の動植物園のほうまで続く遊歩道。五月晴《さつきば》れ、土曜の昼間とあって、ストリートミュージシャンがアルトサックスのギグをかっこよくキメていたり、レイを首にかけたおじさんがウクレレを弾《ひ》きながらフラダンスを披露《ひろう》していたりと、昼下がりの井の頭公園はわくわくするような騒《さわ》がしさに満ちている。

「ストリートライブとか、おれはじめて。すっげえわくわくする」

即興《そっきょう》でストリート四重奏《カルテット》をやろうという、とんでもないシューコの提案にまっさきに飛びついたのは黒沢だった。どうやらライブのことは、現地集合まで黒沢にもルーにも秘密にしていたみたいだ。

シューコは池沿いのベンチでクラリネットを組み立てながら平然と笑う。

「うん。けっこうおもしろいよ。私、二週間にいっぺんくらい、ここで吹《ふ》いてるの。将来はジャズクラリネット奏者兼《けん》、ジャズ音楽の作曲家になりたいんだ」

ぼくはまるで度肝《どぎも》を抜《ぬ》かれた。シューコからは、とても想像できない。ぼくはぶんぶんと首を横に振《ふ》る。

おとなしそうな学校でのシューコからは、とても想像できない。ぼくはぶんぶんと首を横に振《ふ》る。

「いやいや、フリューゲルホルンじゃあるまいし、野外で演奏とかごめんだから！」

しかもこんな路上でアドリブで。そういうの、苦手なんだ。黒沢に味方になってほしいところだけど、好きな子に惚《ほ》れ直したって顔でぽわんとして当てになりそうにない。断る理由を必死に探しているうちに、ぼく以外の男二人はあっという間に楽器を組み立ててしまう。

不機嫌《ふきげん》まるだしで黙《だま》り込《こ》んでいたルーが小首をかしげる。

「で、カエルの歌って何だよ？」

「えっ、知らないのっ。ドイツ民謡《みんよう》じゃん」シューコが叫《さけ》び、ぼくと黒沢は目を丸くする。カエルの歌ってドイツ民謡だったの⁉

聴《き》きなれた童謡《どうよう》をハミングしてみせたシューコに、ルーは口をひんまげる。

「何それ、聴いたこともねーよ。バッハか？」

「バッハなわけあるか。あんた、ホントにドイツ人かよ」

律儀《りちぎ》にツッコミを入れた黒沢に、ルーはむっとした顔で反論した。

「おれはいまどきの若者なんだよ。民謡なんて、ジジババしか聴かない。それに言っとくけど、おれ、日本国籍《にほんこくせき》も持ってるから。ニホンジン！」

「いかにも女にモテそうなそのキラキラ顔で？　明日から鎖国《さこく》な」

まるでクラスメート同士みたいな軽妙《けいみょう》なやりとりに思わずくすっと笑うと、鬼《おに》のような形相をしたルーににらまれた。

「まあまあ、大丈夫《だいじょうぶ》だよ」とシューコ。「基本的にいまのフレーズを輪唱っぽく繰《く》り返《かえ》すだけだから。ルールは一つだけ。自由《フリー》に、好きなところで入ってきて。感じるままに好きなだけ吹《ふ》くの。さ、レッツプレイ」

どうやら、ぼくの参加は決定事項《じこう》らしい。

こうして決まった井の頭公園での即席《そくせき》ギグ。雲一つない青空の下、楽譜《がくふ》も譜面台もない、ぶっつけ本番。シューコが1、2、1234とリズミカルにカウントをとり、ぼくらの〈カエルの歌協奏曲〉がはじまった。

最初はシューコのクラリネットから。どこかちぢこまった部活での演奏と違《ちが》って、伸《の》びやかでジャジーな低音が、時々遊びを入れながらカエルの歌を吹《ふ》き上《あ》げる。

シューコにたっぷりフルフレーズ以上歌わせたあと、やっとルーがオーボエを重ねてきた。金色の髪《かみ》をゆらしながら、まるで一人だけコンサートホールにいるかのような端麗《たんれい》なヴィブラート。それなのに足もとでは器用にタップダンスを踊《おど》ってる。なんてリズム感だ！　ルーは吹き終わるとシューコに向かってうやうやしく一礼した。

次は黒沢だ。軽騎兵《けいきへい》みたいな勇ましいスタッカートをかけて、やたら喧嘩《けんか》っ早《ぱや》そうなカエルの歌を披露《ひろう》する。その若々しい演奏に、いくつもの拍手《はくしゅ》とひやかすような口笛が鳴った。いつの間にか、周りにたくさんの野次馬が集まっている。

ぼくらに向かってカメラをかまえている外国人観光客に、両手でバツを作って必死にノーのサインを出しているうちに、ぼくの番がやってきた。くそっ、吐《は》きたくなるヒマすらありゃしない、もう何でもいいから吹いてやる。

ぼくはコーンをかまえると、われながらあきれるほどオンチなC《ツェー》を鳴らした。ひ、低いっ。こんなに音程《ピッチ》が狂《くる》うのは久しぶりで、思わずオエッとなる。

このどヘタが、と、ルーが冷ややかな視線を送ってよこした。

野外はホルン、ほんとつらいんだよ。楽器が金属でできてるからすぐに冷えて音程が悪くなるし、ベルがうしろを向いてるから、音が前に飛びにくい。それを計算してほかの楽器に合わせないといけないんだってば。と、恨《うら》み節は舞台《ぶたい》では封印《ふういん》だ。

少しでもピッチを高めに修正するために、ベルに突《つ》っ込《こ》んだ右手をほとんど開放して、何とか最後まで吹ききった。ホッとしたときにはシューコは三周目に突入《とつにゅう》している。

ちょっと待てよ、なんて冴《さ》えたシブい音なんだ。音程は狂ってるけど。

ぎりぎり割れる寸前の、暴力的な低音をくっそ響《ひび》かせた女子が、最後のフレーズからビッグバンドの名曲「シング・シング・シング」のクラリネットソロにつなげる。私を見てよと胸《むな》ぐらをつかまんばかりのダンシング・グルーヴ、横殴《よこなぐ》りのスウィング。

その裏で、さっきフラダンスを踊《おど》ってたおじさんがウクレレを乗せてくる。どんなフュージョンギグだよ。案の定、即席《そくせき》の観客から笑い声がもれた。

急にコメディっぽくなった雰囲気《ふんいき》に悪のりして、次に入ってきたルーがいきなり三拍子《さんびょうし》のワルツをかぶせてくる。チャイコフスキーのバレエ「くるみ割り人形」から、花のワルツをアレンジして入れてくるなんて。なんて非常識なオーボイスト！
ちくしょう、音が燕尾服《えんびふく》着てやがる。ルーがチャイコを吹《ふ》いたらどこでも国立歌劇場に早変わりだよ。

かと思ったら、負けねえぞ、とルーをにらみつけた黒沢が、カエルの歌をピアソラばりのカエルのタンゴに早変わりさせる……というより、これほんとにピアソラのタンゴ組曲じゃん。三番のアレグロだっけ。へえ、黒沢ってピアソラ、好きなんだ。意外。

黒沢のフルートが、大きな上背が、色気たっぷりにうねる。シューコに相手にもされてないへタレのくせにやるなあ、なんて感心したけど、カエルの歌はどこいった？
合いの手のカスタネットがカン！　と鳴る。だれ？　あ、あそこの学生風のお兄さんだ。

次はぼくの番。ぼくはイレギュラーは許さない男だ。

ぼくのホルンで、カエルちゃんを呼《よ》び戻《もど》してやるよ、と、持てる技巧《ぎこう》のすべてをつくし、金管殺しの倍音の跳躍《ちょうやく》と装飾音符《そうしょくおんぷ》、そこにトリルまでをつめこんだカデンツァ。シューコにくいっと視線を送る。これで決めてやる！
最後は豊かなメゾフォルテから、姫君《ひめぎみ》にかしずく騎士《きし》のように優雅《ゆうが》なリタルダンドでゆっくりとテンポを落としてゆく——ＦＩＮＥ《フィーネ》。

マッピから唇《くちびる》を外すと、わっと歓声《かんせい》がわき起こった。足を止めて聴《き》いてくれていた人たちが、とびきりの笑顔《えがお》で拍手《はくしゅ》をしている。

ぼくたち四人はきょとんと顔を見合わせて、次の瞬間《しゅんかん》、全員が腹を抱《かか》えて爆笑《ばくしょう》した。

「うふふ、ふふ」

「あっはっは！　遠峰おまえ、さっきのカデンツァ、コンクールでやれよ。絶対ウケる」

「やだよ」

間違《まちが》いなく、審査員《しんさいん》に落とされる。

「オーボエ野郎《やろう》も何だよ、アレ。いきなり花のワルツとか、バッハに謝《あやま》れ」

「いきなりピアソラやったフルート野郎に言われたくないね。ま、どヘタどもにしちゃ、いいギグだったぜ。……って、結局バッハなのか？」

「あ、真顔で信じちゃうんだ、そこは」

シューコが涙《なみだ》をふきふき、ケラケラ笑う。黒沢もルーも笑っている。ルーはぼくと目が合ったとたん、苦々しげに舌打ちして明後日《あさって》の方向を向いたけど。黒沢がぼくの顔を見てにやにやした。

「へー。遠峰でも、そんな顔して笑うんだ。かわいいとこあるじゃん」

照れかくしでつい悪態をついてしまう。

「やめてくれよ。まだアタマがきんきんするんだからな。本物のカエルのほうがましなくらいだよ、音程も何もあったもんじゃない」

「でも楽しかったでしょ？」

ぼくを見上げて、にこにこしているシューコ。

「……うん」

よかった、とシューコがため息をつく。

「――私ね。カナちゃんの力になりたくてアンサンブルに参加したの。帰国して、落《お》ち込《こ》んでたみたいだから。誘《さそ》われて、すごく嬉《うれ》しかった。小学校のころから、カナちゃんの音にあこがれてたから。あなたの音が、好きだったから……。覚えてないかな、小山田先生にはじめて合奏見てもらったときの、『威風堂々《いふうどうどう》』のマーチ。あの日、あなたを残して帰ったの、いまだに時々思いだすの。悪いことしたなって。なんで残らなかったんだろう、って」

忘れるわけがない。いつもぼくの心の奥底《おくそこ》にあるひとりぼっちの風景に、この子が柔《やわ》らかい手で触《ふ》れる。息もできない。

「結局、あのテーマ吹《ふ》けるようになったの、クラブでカナちゃんだけだったよね。あのころから、カナちゃんは私なんかじゃなくて、もっとずっと遠くにあるきれいなものを見てた。それが悔《くや》しかった。でも今日、カナちゃん、はじめて私のこと見てくれたね」

そう言うと、シューコは満足げにふふっと笑った。

ぼくは何も言わずに、彼女《かのじょ》の言葉を聞いていた。白黒のポートレイトに、急に色が増えた。そんな気分だ。楽器に夢中になっているぼくを、シューコは見てくれていた。ぼくは、まともにシューコの音を聴《き》くこともなかったし、彼女の夢なんて興味もなかったのに。

黒沢だってそうだ。アルゼンチンタンゴが好きだなんて知りもしなかった。

ぼくはそうやって、いくつの出会いを逃《のが》してきたんだろう。

——音楽を愛することは、だれかを好きになることに似ている。

小山田大先生の言葉が、今日の風みたいにすうっと胸を吹《ふ》き抜《ぬ》ける。ぼくをさらって、容赦《ようしゃ》なく変えようとする五月の風だ。好きになるって、だれかのことをもっと知りたいと願うことなのかな。自分のことを知ってほしいともがくことなのかな。

ぼくはぎゅっと目をつぶると、助走をつけて断崖絶壁《だんがいぜっぺき》から飛び降りた。

「みんなに言いたいことがあるんだ」

一人ずつの顔を見回してから、言葉をしぼりだす。

「……昨日のこと……ごめん。ぼくがあせりすぎてた。みんなに、変なプレッシャーかけてた。デストロイヤーでごめん。ぼくは言葉が下手で……楽器でしかまともにしゃべれなくて。でも、この四人でアンサンブルやりたいんだ。ルーが作ってくれた〈春〉、あきらめたくないから……もう一度、ぼくと楽器、吹《ふ》いてください。お願いします」

ゆっくりと、深く頭を下げる。

伝わるんだろうか、こんなシンプルな言葉で、表現で。

頭を上げてみんなの顔をもう一度見るのが怖《こわ》すぎて、そのままの姿勢で固まっていると、黒沢が大声で言った。

「やなこった！」

やっぱりだめなのか――絶望的な気分で頭を上げる。黒沢は両腕《りょううで》を組み、不機嫌《ふきげん》そうに顔をしかめてぼくを見下ろしている。

「だから無礼なんだよ、てめえは」

いつでもまっすぐに感情をあらわす黒沢の眉《まゆ》が、ぐっとつり上がる。

「おまえは、だれかに頼《たの》まれて音楽やってんのか。見そこなうなよ。おまえごときに頭を下げられようが下げられまいが、おれはやりたいときに、やりたいように、フルート吹くんだよ。それがフルート魂《だましい》ってやつだ」

「……なんで私にキメ顔してんの？」

後のぼそっとしたセリフは、「フルート魂ってやつ」のところで、黒沢にキランと白い歯を見せられ、どうだと言わんばかりのアピールをされたシューコのつぶやき。

「まったく、ホルン吹《ふ》きの男は暗《くら》れーんだよ。そういやフルート吹きの男のほうが、付き合うにも、結婚《けっこん》するにもイケてるって統計が――」

「どこ調べの何占《うらな》いよ」

シューコはあきれたようにそう突《つ》っ込《こ》んでから、思わず見とれてしまうほど魅力的《みりょくてき》な――ちょっと小悪魔《こあくま》っぽい笑《え》みを浮《う》かべてぼくを見た。

「まあ、でもそういうことかな。カナちゃんに頼まれなくたって、楽しければ音符《おんぷ》追っちゃうのが、楽器吹きのサガってやつよね。デ、い、い、い、デストロイヤーのかわいいつむじ見られたのは、悪くないけど。ね、カナちゃん」

「……カナちゃんカナちゃん、言うな」

ぼくはくらくらしながら、あえぐように言った。かわいいつむじって何だよ。黒沢も、それを聞いて、ぼくのつむじを殺しそうな目でにらむのはよせよ。

心臓が爆《は》ぜそうなくらいバクバクしている。じわっと涙《なみだ》がにじむ。ぼくの、一世一代の歩み寄りが、こんなくだらない会話で終わっていいのか。

——これでぼくは、受け入れられた？　許してもらえた？

受け入れられるってこういうことなのか。こんなに簡単でいいの。手を伸《の》ばしたことも、受け入れたこともないからわからないんだ、全然わかんないんだよ。

ひりつくような視線を感じて顔を上げると、ルーと目が合った。

火花が散る。真夏の空みたいにぎらぎら輝《かがや》く強い青から、耳に聴《き》こえない音楽がほとばしる。たぎる眼《め》が、ぼくをにらむ。怒《いか》り？　憎《にく》まれている？　おまえに何がわかると蔑《さげす》んでいるような、だのに何かがほしくってたまらないような、そんな顔。

シューコたちが楽器を片づけている横で、ルーが静かに近づいてくる。耳に顔を近づけると、うっそりとした声でささやいた。

「……悪いけど、五重奏が終わったらやっぱりニューヨークに戻《もど》るよ。ロビージャックの演奏の穴は、日フィルのオーボエ奏者に頭でも何でも下げて埋《う》めてやるから」

「ルー、昨日のことなら——」

あわてて謝《あやま》ろうとしたぼくを、ルーは首を振《ふ》ってさえぎる。

「これはおれの問題だ。さっきおまえと吹《ふ》くの、正直楽しかった。でも、もう二度と、だれにも期待したくないんだ。おれは音楽に愛された天才なんかじゃない。怖《こわ》くなったんだよ、おれは。……臆病《おくびょう》なのは、おれかもな」

びっくりするくらい弱々しくて、苦しくってたまらないって声だった。

それからルーは、とりつくろったような笑《え》みをほかのメンバーに向けると、オーボエを片づけて帰ってしまった。

次の練習日はまた電話で連絡《れんらく》すると決め合って、現地解散したあとも、そのときのルーの言葉と表情は、ぼくの胸に残り続けた。

ぼくの耳元で苦しげにささやいたルーは、ぼくが知っている傲慢《ごうまん》なリュージュ・タカサキじゃなかった。ルーはとてつもなく落《お》ち込《こ》んでいて、そして、ぼくの勘違《かんちが》いでなければ、何かを伝えたくてたまらないって顔をしていた。

ぼくが言葉でえぐってしまったルーの傷はまだ赤々と血を流しているんだ。

あいつが懸命《けんめい》に耐《た》えていた何かを叩《たた》き、ひびを入れたのは、きっとぼく。でも、何に耐えていたっていうんだろう?

思えば、ぼくは全然彼《かれ》のことを知らないのだ。

──高崎竜樹《たかさきりゅうじゅ》という人間を、ぼくは知りたい。

午後四時、ＪＲ津田沼駅の駐輪場《ちゅうりんじょう》に寄ってから、自宅のある京成津田沼駅方面に愛チャリを走らせる。自宅には帰らず、まっすぐアインザッツに向かった。

小山田先生は小学校のブラバンの指導日で、今日は店を留守にしていた。代わりにリペアブースで、木管専門のリペア職人の青木《あおき》さんが作業をしていた。

「こんにちは。資料室、借ります」

小さなころから顔なじみの青木さんに声をかけて、二階の資料室に向かう。資料室といっても、そこはレッスンスタジオよりずっと小さくて、四方の壁面《へきめん》を埋《う》めつくしたＣＤラックとデスク、オーディオ機器、業務用ヘッドホンが置いてあるだけの部屋だ。小学生のころからここに入りびたって、二千枚近くもあるクラシックとジャズの音楽ＣＤを片っぱしから聴《き》いていた。

小山田先生は意外と几帳面《きちょうめん》なところがあって、ラックのＣＤはすべて作曲家名と作曲年順に色つきラベルで整理されている。緑のラベルで区分されたリヒャルト・シュトラウスのスペースから、一九八五年のカラヤン指揮、演奏はベルリンフィルの「四つの最後の歌」が収録されたＣＤを抜《ぬ》きだした。

ヘッドホンを着け、CDプレーヤーにCDをセットして再生ボタンを押《お》す。すぐに〈春〉でありながら、陰鬱《いんうつ》ですらある冒頭《ぼうとう》の伴奏《ばんそう》が流れだした。ドイツ語のファルセット。曲は中盤《ちゅうばん》にさしかかると、まるで何かを見つけたかのように突然《とつぜん》陰鬱さを捨て、どこまでも穏《おだ》やかで透《す》きとおった春を歌いだす。

——そういえば、ルーのメッセージって、何のことなんだろう。

強烈《きょうれつ》なビンタと共にお見舞《みま》いされた、ルーの言葉。

『おまえは何もわかってないんだ。自分のことも、他人のことも、音楽のことも——おれのメッセージも』

リュージュ・タカサキ。きみは何を考えている。ぼくは何を見逃《みのが》しているんだろう。〈春〉に何かヒントがあるかと思ったけれど、リヒャルトは答えてくれない。

ぼくはため息をつくと、CDジャケットから何気なく解説冊子を抜きだした。ふだんはライナーノーツとか、読まないいんだけど。冊子をぱらぱらめくると、「四つの最後の歌」の歌詞の元になったドイツ語詩の訳が載《の》っていた。

「四つの最後の歌」の〈春〉は、有名な詩人ヘルマン・ヘッセの同じ名前の詩から歌詞をもらっているらしい。何気なく歌詞を読み進めたぼくは、こぼれそうなほど目を見開いた。両手で顔をおおう。

見つけたかもしれない。ルーの探しもの。

ぼくは途切《とぎ》れるまで息を細く吐《は》ききると、ぐっと奥歯《おくば》をかみしめた。


次の日曜日の夕方、家にいた母さんに出かけることを伝えて、十八時ちょうどに家を出た。行き先はならだいホールだ。今夜ならだいホールでは、日本フィルハーモニー管弦楽団《かんげんがくだん》の奏者たちとジュリアードの天才オーボイスト、リュージュ・タカサキをゲストに招いての木管五重奏コンサートがある。

習志野大学の駐輪場《ちゅうりんじょう》に自転車をとめてホールへ向かう。十八時半の開演まであと十分ほどだけど、ロビーには大勢の人がたむろしている。

学生二千五百円の今日のチケットは、ロビージャック・アンサンブルの顔合わせ初日にルーが太っ腹にもメンバー全員にプレゼントしてくれていた。特に誘《さそ》い合わせはしなかったけど、きっとシューコと黒沢もホールのどこかにいることだろう。ぼくは入り口のチケットもぎりでパンフレットをもらうと、最後列の一番右端《みぎはし》の席に座《すわ》った。ここなら二人に会わずにすむだろう。今日だけは、一人で彼《かれ》の音が聴《き》きたかった。

パンフレットには、日フィルメンバーとルーのプロフィール写真が載《の》っている。ほかのメンバーとそろえて黒のタートルネックを着て、モノクロ写真の中でほほえんでいるルーは同じ十四歳《さい》とは思えないほど大人びて見えた。

今日のプログラムは、ヒンデミットの「五つの管楽器のための小さい室内楽」、イベールの「木管五重奏のための三つの小品」、ラヴェルの「クープランの墓」、そしてニールセンの「木管五重奏曲」。日本でも人気がある作品ばかりだけど、「四つの最後の歌」はプログラムには載っていない。たぶんアンコール用の曲なのだろう。

すぐに開演五分前のブザーが鳴り、ロビーにいた客が席に戻《もど》りはじめる。落ちついてみれば、ほとんど空席が見当たらないくらいの大入りだった。それもそのはず、コルトー指揮で鮮烈《せんれつ》にデビューした弱冠《じゃっかん》十四歳の天才オーボイストを、クラシック好きが見逃《みのが》すわけがない。

向かって舞台上手《ぶたいかみて》で靴音《くつおと》が聞こえ、続いて五人の奏者が入ってきた。オーボエでゲストのルーは先頭。三、四十代が多くを占《し》める日フィルメンバーの中で、少年のしなやかな細身に黒い燕尾《えんび》服《ふく》をまとった姿は、ほれぼれするほど堂々としている。胸が熱くなるような、だけど少し悔《くや》しいような気持ちで、ぼくは彼《かれ》の日本でのコンサートデビューを見守る。

チューニングが終わり、演奏がはじまった。

ヒンデミットでは、しょっぱなからオーボエが重要なテーマを吹《ふ》く。ヒンデミットは現代音楽では有名なドイツの作曲家。とても技巧的《ぎこうてき》で、ぼくにいわせれば変わり者の学校の先生みたいな音楽だ。

少しは緊張《きんちょう》しているかと思ったけど、ルーはそんなようすを欠片《かけら》ものぞかせずに、彼《かれ》らしく華《はな》やかな、でも現代音楽に合わせた少しドライな音色《おんしょく》をホール全体に響《ひび》かせる。巧《たく》みだけど、驚《おどろ》くほど自然だ。そうか、この音楽はルーの生まれた国で作られた。

次のイベールとラヴェルはフランスの作曲家。これまでルーのフランスものは聴《き》いたことがない。透明感《とうめいかん》と豊かな色彩感《しきさいかん》が特徴《とくちょう》のフランスものを、ルーはどう吹きこなすんだろう――驚いた。ヒンデミットのときとは百八十度違《ちが》う、うるおいのある音色。水上をただよう葦舟《あしぶね》と、その水先に広がる波紋《はもん》のあざやかなイメージが浮《う》かび上《あ》がる。

意外なことに、タカサキ・リュージュは器用な奏者だ。ヒンデミットもフランスものも、プログラムのトーンに合わせてカメレオンのように自在に音色やタッチを変化させる。そして変わらないのは、最後列の端《はし》の席まで回《まわ》り込《こ》んでくる圧巻の音圧。ほっそりした彼の姿に、音に、心が引きよせられる――。

タカサキ・リュージュというオーボイストは、きっとこの会場に居合わせた観客、そして世界の観客たちを、これから間違《まちが》いなく熱狂《ねっきょう》させるだろう。

めくるめくようなニールセンが終わり、客席から熱烈《ねつれつ》な拍手《はくしゅ》が巻き起こった。

飛びかうブラボーのかけ声。日本のコンサートではよくブラボー屋といわれる、ヘタな演奏でもやたらとブラボーを連発するお客がいるけど、今夜のはあきらかに本物の賛辞だ。

鳴りやまない拍手。しばらくして、いったん下手《しもて》からはけた奏者が舞台《ぶたい》に戻《もど》ってくる。拍手がいっそう大きくなる。アンコールが、はじまる。

席についたルーは、曲がはじまる前に客席をぐるりと見わたした。あ、と思ったときには、レーザービームみたいな視線が、最後列にいるぼくをばちっと捉《とら》える。

場内は暗くて、ルーにここまで見えるはずがない。でもぼくはゾクゾクするほど感じている。いま彼《かれ》のフェルメールブルーは、ただ一人、このぼく遠峰奏の全身全霊《ぜんしんぜんれい》にそそがれている。

ルーがアインザッツを送り、演奏がはじまった。リヒャルト・シュトラウス「四つの最後の歌」より、〈春〉。ぼくの命を刈《か》りとる美しい死神の調べに身をゆだねながら、ぼくは目を閉じて〈春〉の歌詞を思《おも》い浮《う》かべる。

薄暗《うすぐら》いほら穴の中で
私は長い間夢見ていた
お前の樹々《きぎ》と青い空を
お前の香《かお》りと小鳥の鳴き声を

いまお前は姿を現して
輝《かがや》きと装《よそお》いにつつまれている
光をふりそそがれて
ひとつの奇蹟《きせき》のように私の前にいる

お前はふたたび私を知る
お前は私を優《やさ》しく誘《さそ》う
私は全身をうち震《ふる》わせる
お前がそこにいるという無上の喜びゆえに

次にまぶたを上げたとき、アンコールなのにさっきと変わらないくらいの拍手《はくしゅ》の嵐《あらし》に包まれていた。奏者がはけ終わるのすら待ちきれず、ぼくは弾《はじ》けるように立ち上がって、うしろのドアに走った。閉じたドア越《ご》しに、まだ鳴りやまない熱烈《ねつれつ》な拍手が追いかけてくる。息を弾《はず》ませて無人のロビーを通《とお》り抜《ぬ》け、三階にある楽屋へ向かった。

ぼくも部活の定期演奏会で使ったことが何度かある、ならだいホールの楽屋。ぼくたちのときはセクションと男女別にわけて共同で楽屋を使ったけれど、今日はプロのコンサートだけあって、五重奏メンバー全員に個室の楽屋が割《わ》り振《ふ》られている。楽屋通路では、撤収《てっしゅう》のためにスタッフが忙《いそが》しく立ち働いていた。

楽屋のうち、高崎竜樹様と書かれたＡ４の紙が貼《は》られたドアをノックすると、しばらくして気だるげな声が「ヤー」と答えた。

覚悟《かくご》を決めてドアを開ける。ルーはパイプ椅子《いす》の背もたれにぐったりと寄りかかり、ほとんどくずおれるみたいに座《すわ》っていた。楽屋に戻《もど》ってきたばかりのようで、まだ燕尾服《えんびふく》姿だ。血の気が失《う》せた青白い顔。呼吸が荒《あら》く、額にはびっしりと汗《あせ》がにじんでいる。

舞台《ぶたい》での堂々とした演奏からは想像できないほど弱りきったルーの姿に、ぼくはうろたえた。ルー、リサイタルのあとはいつもこんなになるの？

ルーは、ドアを開けた格好のまま固まってしまったぼくをちらりと見る。すぐに視線をそらされて、吐《は》き捨《す》てるように言われた。

「……何しにきたんだよ。おまえのマヌケ面《づら》を見たい気分じゃない。用がないなら帰れ」

その険しい表情を見て思いだした。そういえば、ぼく、こいつにビンタされてからずっと喧嘩《けんか》中《ちゅう》なんだった。

「帰らない。きみに用があって来たんだ」

ぼくの強い口調に、ルーは驚《おどろ》いたように目を見開く。

どう切りだしたものかと迷ったあげく、ぼくは単刀直入に言った。

「あの。〈春〉の歌詞、調べたんだ。これまで知らなかったから」

ルーの瞳《ひとみ》があからさまにゆれた。ゆっくりと、確かめるようにたずねる。

「――あれって、ぼくのことだよね」

間違《まちが》っていたら、ばかにされて終わりなだけだ。でも、きみのメッセージってさ。あの歌詞を見て、はっきりとわかった気がしたんだ――ルーの探しものって、ぼく。

きみが長い間夢見ていたのは、ぼくなんだろう?

うぬぼれでなければ、どういう理由か、ルーはジュリアードのリハーサルスタジオで、このぼくに何か特別な意味を見つけた……。

だからその衝撃《しょうげき》と、きっと感動を伝えたくて、ぼくに向かってあの〈春〉を演奏してくれた。そして、そのぼくに拒絶《きょぜつ》されたから、ひどく傷ついた……。

でもぼくには、ルーがそこまで初対面のぼくに、あるいはぼくの演奏に衝撃を受けた理由がわからない。ぼくはルーにとって、どんな意味を持つっていうの。そのわけを、叫《さけ》びだしたいくらい、知りたいんだ。

パイプ椅子《いす》の正面に立ちはだかって、まっすぐルーを見下ろす。

「教えてよ、きみのこと。何を隠《かく》してるの。メッセージって何?」

心臓の音がうるさい。いますぐ、やっぱりいいやと回れ右したい。他人の心に入ろうとするのは怖《こわ》いよ、ルー。心に踏《ふ》み込《こ》まれるのがおそろしいのと同じくらい。

ぼくは勇気がほしい。自分ひとりの音だけに満たされた防音ルームから飛びだして、だれかの心に踏み込む勇気。そのことで傷ついたってかまわないと思えるくらいの勇気が。

ルーは信じられないものを見るようにぼくをしばらく見つめると、苦しそうに顔をゆがめ、声を絞《しぼ》りだす。

「……いったん舞台《ぶたい》に上がると、どこにいても、自分に向かって矢が突《つ》き刺《さ》さるって、想像したことあるか」

「え？」

「おれは、心の底から純粋《じゅんすい》に音楽を楽しんだことなんて一度もねーよ。おれにとって、音楽は呪《のろ》いだ。痛すぎるんだよ」

「……わかんない。音楽が痛いのは当たり前じゃん……」

声がうわずる。ルーほどの才能はないけど、ぼくだって同じだ。音楽は楽しいことばかりじゃない。

長いことホルン吹《ふ》き続けて左親指の付け根に楽器だこができるみたいに、本気で音楽、やればやるほど、自分が硬《かた》く小さく縮んでいくのを感じる。

楽器をはじめたときはなかったはずの壁《かべ》が見えてくる。才能。金。嫉妬《しっと》。プロを目指して高みにゆくほど、壁に当たり続けた心に、現実ってやつがしみて痛むんだ。

ぼくはモーツァルトじゃない。それどころか、目の前のリュージュ・タカサキにもなれない平《へい》凡《ぼん》なホルニストだって。

でも、その痛みすら自分の音に変えるくらいの覚悟《かくご》でなきゃ、立つことすらできない世界がある。その舞台《ぶたい》に立つことが、ぼくの夢だった。

万感《ばんかん》の思いをこめて、ルーの白い顔をにらみつけたぼくに、彼《かれ》はカカオ85％のビターチョコみたいな笑《え》みを浮《う》かべた。

「火みたいな眼《め》。やっぱおまえって、変わってるな。言いたいことはよくわかるぜ。でも、そういう意味じゃないんだ。聞いたことある？　共感覚ってやつ」

きょうかんかく？

話題をころころ変えていくルーに、ぼくは戸惑《とまど》うばかりだ。首を横に振《ふ》ったぼくに、ルーは小さくため息をついた。

「学校で使う12色絵の具あるだろ。その絵の具のフタを全部あけて、うす紫《むらさきいろ》色の大きな画用紙にいっぺんにぶちまけてみな。それがおれに視《み》える、リヒャルトのオーボエ協奏曲、第一楽章」

「絵の具の、色が見えるの」

オーボエを吹《ふ》いてる間に？　風景や情景なんかのイメージだったら、ぼくもかなり、頭に浮かべながら吹くほうだ。そういう奏者は多いと思う。ぼくの疑問を感じとったように、ルーはため息をついた。

「おまえがイメージしてるような、メルヘンチックなもんじゃない。意識もしてないのに、頭の中に勝手に色のイメージが横入りしてくるんだ。たとえば単音のF《エフ》を聴《き》くと、目の裏が緑色になる。C《ツェー》は黄色。音声を聴《き》くと色になって視《み》える。ハ長調は、紫色《むらさきいろ》」

……リヒャルトのオーボエ協奏曲は、ニ長調だ。

「たくさんの音をいっぺんに聴くと、音の矢が四方からいっせいに飛んできて、万華鏡《まんげきょう》みたいに、頭ん中でぐるぐるする。協奏曲が絵の具のパレットなら、交響曲《こうきょうきょく》はぐつぐつ煮《に》えてる魔女《まじょ》の大釜《おおがま》さ。一つの刺激《しげき》で、複数の感覚が呼び起こされることを、共感覚っていうらしい。おれの場合は、聴覚《ちょうかく》と視覚がつながっているんだ。はじめて気づいたのは、三歳《さい》くらいのころだった

――」

それからルーは、ぽつぽつと自分の〈共感覚〉について話しはじめた。

共感覚とは、数字に色を感じたり、文字に味を感じたりする少し変わった感覚のことだ。ルーの場合は、音の刺激に対して共感覚が起こってしまう。音を聴くと色を感じるという、色調共感覚というんだって。

共感覚には色んなタイプがあるけれど、一人の人にだいたいいつも同じ症状《しょうじょう》が出る。

ルーの場合は単音と、調に対応していつも同じ色が見えること。「好きな色の音」と「嫌《きら》いな色の音」があって、いっぺんにたくさんの音を聴くとそれが入りまじって混乱すること。

――そんな現象があることを、ぼくははじめて知った。

情景を思《おも》い浮《う》かべながら演奏する、ぼくの音のイメージングと、似ているようで根本的に違《ちが》う。病気じゃないけど、病気と違って治りもしないという。

「あふれそうな音の――色の洪水《こうずい》におぼれそうになりながら、メロディとリズムを必死でつかまえて、音をねじ伏《ふ》せる。おれにとっての音楽は、戦いなんだよ」

「だから、そんなに辛《つら》そうにしてるの」

「辛そうに見えたかよ？　このおれが、ステージで」

「ううん。完璧《かんぺき》な演奏だった」

「当たり前だ」

青ざめた顔でぼくをにらむ、演奏家リュージュ・タカサキのプライド。

「でもさ、控《ひか》え室《しつ》じゃ……」

ぼくは言いよどむ。そういえば、アンサンブルの練習中も辛そうにしていたときがあった。音には少しも影響《えいきょう》が出ていなかったけれど、あれも共感覚のせいだったんだろうか。

弱みを見せたのが嫌《いや》なのか、ルーは不本意そうに鼻を鳴らす。

「ま、長時間のステージ後とか、人の音に集中しすぎたあとはいつもこうなる。頭がぐちゃぐちゃになって、張りつめすぎたせいで神経がパンクしそうさ」

確かにルーがさっき言ったとおり、とても楽しそうには思えない。それどころか、話を聞いているかぎり、ルーは音楽に対してネガティヴなことしか言ってない。

「……音楽、嫌《きら》いなのか。ルー」

「嫌いじゃねーよ。戦うのは好きだ。オーディエンスはおれの音に、音楽に熱狂《ねっきょう》してスタンディングオベーションを送る。おれはそれを見るのが好きだ。おれは人より上手《うま》くオーボエを吹《ふ》けるらしい。おれがオーボエを選んだんじゃない、オーボエがおれを選んだ。だから一番になって金をもらう。それがおれの音楽さ。疲《つか》れちまうときは、あるけどな」

何でもないふうに告げるルーに、絶句する。

その言葉には悔《くや》しいほどの真実と、少しの嘘《うそ》がまじっている。カッコつけてもぼくにはわかる、楽器吹きだから。プロ奏者はみんなお金をもらって演奏するけど、お金だけのために、人はいい、あんな音を出すことはできないんだ。

――ルーは苦しみながら音楽を愛している。

苦しみや戦いはおくびにも出さず、幸福だけに満ちていた、あのきらきら火花が散るようなオーボエ協奏曲を奏《かな》でた。音楽はだれかを見捨てないなんて、たったいまも震《ふる》えているその唇《くちびる》で言った。なんてやつだ、リュージュ・タカサキ。

圧倒《あっとう》されて言葉がでないぼくをまっすぐ見すえ、オーボイストがつぶやく。

「でもおれ――おまえの音の色だけが視えなかった」

「え？」

「ジュリアードのリハーサルスタジオで、ほんとびっくりしたよ。おまえのシュトラウスからは何の色も感じられなかったんだ。何も視《み》えない。何色でもない。ただ、リヒャルトのメロディだけが聴《き》こえた。共感覚者には、特定の楽器の音に反応して色を視たりするやつもいるから……その反対みたいなものなのかもしれないし、ある意味、おまえの音も視えてるのかもしれない。それが単に、透明《とうめい》なだけなのかも。色々考えたけど、理由はわからない。とにかく、あんなのはじめてだ」

「そんなことが、あるの……」

ぼくは息をのんだ。

どんな音にも色が視えてしまうというだけでも信じがたいのに。ぼくの音だけ、色がつかない。想像すらできないような話だ。もしそれが本当なら、確かにぼくはルーにとって、特別だろう。あくまでぼくの音が、だけど。

ルーは唇《くちびる》をゆがめた。

「――でも、そんなことはどうだっていいんだ。理屈《りくつ》なんてさ。おまえの音をはじめて聴《き》いたときのおれの気持ちがわかるか？　わかんねーよな。プレゼントをくれたんだと思った。神様がさ。はじめてだよ。はじめて、おまえの音が純粋《じゅんすい》な音楽の喜びを教えてくれた。……あのあとのギグは、すげー楽しかったな」

おまえが席を立つまではな、とルーはまるでぼくが悪いみたいに、にらみつける。

「その分、おまえがジュリアードをあきらめて日本に帰ったって聞いたとき、信じられないくらいアタマにきたよ。何なんだよってさ。これくらいであきらめんのか。なんでそんなに簡単にあきらめられる？　あのアブトを挑発《ちょうはつ》するだけの才能を持ってて、なぜこれくらい吹《ふ》けない。なぜもっと上を目指さない。……戦うことをあきらめるやつを、おれは許せない」

ルーの瞳《ひとみ》は熱くたぎっている。見ていると、ぞくっと鳥肌《とりはだ》が立つ。それで気づいたんだ。

だからこいつは、あのオーボエ・ナイトであんなに怒《おこ》って見えたんだって。

ルーはひどく怒っている。怒り続けてきた。自分をとりまくものへの怒《いか》り。ルーを理解できない周り、こいつの戦いも知らないで歓声《かんせい》を送るオーディエンスに。

ルーの目に映るぼくは、どれほど甘《あま》ったれの意気地《いくじ》なしだろう。

ぼくはかすれた声でやっと反論した。

「買いかぶりだよ。ぼくの音が……ルーにとって特別だから、そう思うんだろ」

「そうかもな。共感覚をだれともわかち合えないみたいに、おれは、おれが感じるおまえの音しか知らない。おまえはまだまだ上に行けるよ」

「…………」

「ま、たいして上手《うま》くもないのに、あんなアホみたいな熱い演奏《エネルジコ》でシュトラウス吹《ふ》いてるホルニストもはじめて見たしな。おまえのシュトラウスを聴《き》いて思ったんだ。それでもおれは音楽が好きだって」

低い笑い声をもらしたルーに、ぼくは喉《のど》をつまらせながらやっと言った。

「……だからくれたの。メッセージ」

「音楽家には、音で伝えないとわかんないかと思ってさ」

結局伝わらなかったみたいだけど。ルーは嫌《いや》みったらしくそう言って、ふ、と肩《かた》の力を抜《ぬ》いた。パイプ椅子《いす》にもたれかかって、すん、と鼻を鳴らす。

そのようすが、何だかいつもよりずっと幼く見えて、胸がずきりと痛んだ。

——そのとき、小さな子どものころのルーの姿が浮《う》かんだような気がしたんだ。

きみは一人でテレビの前に座《すわ》っている。あちこちから聴《き》こえてくる音が辛《つら》くて、テレビを消す。違《ちが》う場面では、きみは大人がかけていったＣＤプレーヤーのそばにいる。音が耳に入るたびに頭にうずまく色の奔流《ほんりゅう》が怖《こわ》くて、大人がいないすきにこっそりＣＤプレーヤーの電源を消す。きみは周りの大人に辛《つら》いと訴《うった》えるけれど、しばらくはだれも本気にしてくれない。周りの子どもたちは、きみを変なやつだという。

きみは傷ついて、そして一人になる……。

想像するだけで腹の底がすうっと冷えた。

「ごめん。前の練習のあと、ぼくひどいこと言った」

「ああ言ったな。ひどいこと」

ため息まじり、投げやりに言うルーにおそるおそるたずねる。

「……ルー。独りだったの。ずっと」

ぼくと同じ、いいや、ぼくよりずっと。

「わからない。そうかもしれない」

「家族は知ってる？」

「タカサキ……親父《おやじ》には言ってる。でも、親父ですら、しばらくはおれの言うことを信じてくれなかったよ。しかたない。共感覚ってよくある症 状《しょうじょう》じゃないし、おれのことは、結局おれにしかわかんないだろ。そういう意味じゃ、どいつもコイツも独りかもな」

「――くそっ」

ぼくは無性《むしょう》に腹立たしくなって、とっさに右腕《みぎうで》をルーに伸《の》ばした。首根っこを引き寄せて、肩口《かたぐち》に白いおでこを押《お》しつける。

「ばか！　共感覚なんてあってもなくても、ぼくは、きみが大嫌《だいきら》いだっ。音楽センスのかたまりで、い、いつだって自信満々で堂々としてて、ぼくより楽器が上手《うま》くて。言うまでもなく性格は最悪だし」

ああ、言っててむかっ腹が立つ。

「それに異常に手が早いし。……でもさあ、呪《のろ》いなんて言うなよ。ギフトだろ。きみが、ほかの人にはない感性で音楽と戦ってゆく力を、神様がくれた。ぼくは、きみが大嫌いだけど……戦うきみのオーボエは、好きだよ」

ぼくの肩におとなしくもたれかかっていたルーが大きく息をのんだ音が聞こえた。

「本音言うと、いまの話を聞いてもまだきみに嫉妬《しっと》してる。きみを苦しめてる呪いがなんでぼくにはないんだろうなんて考えてるクソ野郎《やろう》だ。一生呪われてもいいから、アブトみたいに吹《ふ》きたいって。どう？　最低だろ？」

「——最低、最悪」

ルーの肩《かた》が震《ふる》える。笑ってる？　怒《おこ》ってる？

でも、もっと最低で自己中なことをぼくは考えている。うなだれるきみの姿が、ぼくに勇気をくれる。ぼくは頑固《がんこ》で、卑怯《ひきょう》で、欠点だらけのくせプライドだけ高い弱虫で、でも弱いから、ボロボロになったきみにこうして腕《うで》をまわせるのかな。

ルーの輝《かがや》く演奏が教えてくれた。弱さもギフトだって。だれでも、背負ったバックパックに入っている自分の持ちものだけで戦っていく。荷物の重い軽いは問題じゃないんだ。

ぼくは必死に言いつのった。

「なあ、帰るなよ、ルー。ぼくといっしょにシュトラウスやろう。楽器吹《ふ》こう。きみのオーボエなしじゃ、〈春〉、吹けないよ。ぼくといっしょに音楽、やろう」

「……情熱《アパッショナート》的。アブトの気持ちがわかったかも」

「茶化すなってば。どうなんだよ」

こんな風にすがりついて、みっともないと思うけど、なりふり構っていられない。ルーはしばらく迷うように黙《だま》っていたけれど、やがてコクリと小さくうなずいた。

よかった——へなへなと腰《こし》が抜《ぬ》けそうなほどホッとする。

安心するのとほとんど同時に、ルーへのいらいらが復活した。

「ああもう、それにしたって、どうして共感覚のこともっと早く言わないんだよっ。ばかルー！」

「言えるかよ」ルーはやっとぼくの肩から顔《かた》を上げる。押《お》しつけていたせいでちょっと赤くなったおでこと、地獄《じごく》のように不機嫌《ふきげん》な表情のギャップがすさまじい。

「そんな簡単なことじゃない。おれは、物心ついてからずっと独りで吹《ふ》いてきたんだ。それが、ぱっと出の変人の音にたぶらかされて、あげくのはてにこの音を失うのが怖《こわ》いなんて、そんなの依存《いぞん》だろ。不愉快《ふゆかい》以外の何ものでもねえ」

「た、たぶらかすって何だよ」

動揺《どうよう》するぼくを、ルーは鬼《おに》の形相でびしりと指さす。

「そもそも、おれにとって、おまえがすごいのは音だけだからな。こんなどヘタに甘《あま》えた姿を見せるなんて、まっぴらごめんだね。プライドが許さねえ。だいたい、おれがあんだけ熱烈《ねつれつ》にアプローチしてやったのに、途中《とちゅう》退席しやがって」

「またその話!? だからさ、わっかるわけないじゃん！」

ぼくはすかさずキレ返した。

「リード投げつけてアプローチとか、アタマおかしいんじゃないの？　そんなもんのせいで、コルトーの前で失神したぼくはどうなんのさ⁉」

ルーが冷静に、まったくどうでもいい訂正《ていせい》を入れる。

「違《ちが》う、ぶつけたのはリードをぬらすための水入れ。リードなんか当たっても痛くもかゆくもないだろ。つか、まだ根に持ってんの？」

「痛くなくていいんだよ！　あれを、根に、持たない人類が、いるかっ」

酸欠でくらくらしながらぼくは叫《さけ》んだ。

「一生根に持つに決まってんだろ⁉　きみさ、反省したら死ぬ病気にでもかかってんの⁉」

「ははっ」

とうとうルーは声をだして笑った。

顔色がだいぶよくなっている。人を食ったような笑《え》みを浮《う》かべる、いつもの、ちょっと大人びたリュージュ・タカサキ。でも、一瞬《いっしゅん》でも心をさらけだした証拠《しょうこ》に、フェルメールブルーが少しうるんでる。

ふん、サムライボーイの情けで、気づかないふりをしてやるよ。

「——ね。ぼくの、いましゃべってる声にも色があるの」

「おまえの声はいつもブルーグレー」

人差し指をひっかけて蝶《ちょう》ネクタイをゆるめながら、ルーは気まずげにそっぽを向く。

「……まあ、もうわかったと思うけど、アンサンブルはおれのわがままってこった。おまえにどうしても、楽器、やめてほしくなかった。あんなにどヘタなのになァ」

どヘタは余計だと突《つ》っ込《こ》もうとしたとき、ノックと共に、ドアの向こうから「高崎さーん、そろそろ撤収《てっしゅう》でーす」とスタッフの声がかかった。

ルーとぼくは顔を見合わせ、同じタイミングでぷっと噴《ふ》きだす。二人とも目が真っ赤で、髪《かみ》もぐしゃぐしゃだ。


ルーは日フィルの人たちの打ち上げの誘《さそ》いを断った。ぼくらは二人でならだいホールを出た。気をつかわせて悪いなとも思ったけど、何だか妙《みょう》に離《はな》れがたい気持ちだったから、じつはほっとした。ルーも同じだったんだとわかったのは、彼《かれ》が滞在《たいざい》している津田沼駅前のホテルに直接帰らず、通り道の公園に無言で入っていったときだった。

だれもいない夜の公園で、二人並んでブランコに座《すわ》る。ルーが途中《とちゅう》の自販機《じはんき》で買ったコーラのうち一本をこっちに投げてよこす。ぼくはあせって両手でキャッチした。

「わ、ちょっと、炭酸投げるなよ」

プルトップを上げると、案の定じゅわっと泡《あわ》があふれだす。だから言っただろとにらんだぼくに、ルーが小さく笑った。演奏で喉《のど》がカラカラだったんだろう、ルーはごくごくとしばらくコーラに喉を鳴らす。一息つくと、ぼくに向かって言った。

「なあおまえさ、なんで音楽やめるの」

「……お金がないからだよ。親の会社がだいぶやばいんだ。音楽にお金かかるの知ってるだろ。きみにはわかんない苦労かもしれないけど」

つい、ひがみっぽい言い方をしてしまう。

オーボエはお金のかかる楽器だ。ほかの管楽器よりメンテナンスも大変だし、奏者も少ないからレッスン代も高め。プロになるレベルまで到達《とうたつ》するにはおそろしくお金がかかる。これまでのウチを含《ふく》め、楽器をやらせてもらえる子どもは親が裕福《ゆうふく》なことが多いのも、音楽業界の現実だ。てっきりルーもお金持ちの親がいると思《おも》い込《こ》んでいたから、あっさり言ったルーの言葉に心臓が止まりそうになった。

「わかるって。おれ、ドイツの養護施設《しせつ》出身だから」

「え……」

「タカサキって、七歳《さい》のときおれを引き取ってくれた日本人の名前だよ。日本人風の名前に変えてもらったけど、おれ自身は日本人の血は引いてない。説明がめんどくさいから、ハーフってことにしてるけど」

見りゃわかるだろ、とルーは金髪《きんぱつ》の前髪《まえがみ》をちょいと引っ張った。

「ちなみにタカサキはカネ持ってないぜ。おれは奨学金《しょうがくきん》とりまくってここまできたから、音楽にカネかかるの、わかるよ。おれは、一日も早く超一流《ちょういちりゅう》のプロになってたんまり稼《かせ》いで恩返ししたい。おまえは奨学金狙《ねら》ってかねえの？」

「……ルーは、才能あるから」

自分の口から出た言葉を聞いて、頬《ほお》が熱くなった。ザ・クソ野郎《やろう》はさっきから言い訳しかしておりません。本当のことを言うと、ジュリアードを受験すると決めたとき、奨学金のことなんてこれっぽっちも考えていなかった。

「ごめん。まじで最低だね」

ルーはぼくのあさましさを気にするようすもなく「別に。まあ、実際才能あるからな」と肩《かた》をすくめる。

「そうだおまえ、ドイツにこいよ」

「なんでそうなるの⁉　ぼく音楽やめるって言ってるよね？」

ルーの突拍子《とっぴょうし》のなさは、ぼくをメランコリーアな自虐《じぎゃく》にもひたらせてくれない。何が「そうだ」だよ、こいつの中身は宇宙人なの？

「モーツァルテウムでいっしょにドイツの音楽やろう。クラシックはヨーロッパで生まれたんだぜ。おまえの音色《おんしょく》、ロシアやアメリカっていうよりドイツ向きだよ。クラシックのホルン奏者でばりばりの上吹《うえぶ》きなのになんでアレキサンダー使ってねえの？　音的にも、あっちのほうが合ってそうだろ」

アレキサンダーっていうのは、有名なドイツのホルンメーカー。オケではアレキサンダーを使っている奏者がすごく多いんだけど、ぼくはコーンにこだわってる。

「だってアブトがコーン使ってるんだもん。アブトがアレキに変えたら考える」

「……理由それだけ？　おまえってホントびっくり箱だな」

「ルーにだけは言われたくない」

そこまで驚《おどろ》く？　むっとするぼくに、ルーはあきれたようにため息をつく。照れくさくなって、咳払《せきばら》いをひとつする。

「……アブトのホルンが好きなんだよ。聴《き》いてて雷《かみなり》が落ちるのは、あの人の音だけなんだ。小山田先生以外だったら、ぼくは彼《かれ》にしか師事したくない」

「お熱いことで。妬《や》けちまうな」

冗談《じょうだん》っぽく目を細め、組んだ足の上に頬杖《ほおづえ》をついてぼくを見ているルーに、今度はぼくがため息をつく番だ。

「というか、ジュリアードのプレカレに落ちたぼくが、ドイツで飛び級なんてできるわけないだろ。きみといっしょにしないでくれる⁉　だから、ルーはぼくのこと、買いかぶってるって」

「ま、そうなのかもな。おまえ、ばかだもん」

何度でも言うけど、本番中に人に向かってリードの水入れを投げつけるやつにだけは、言われたくない。そっぽを向いてふてくされているぼくに、ルーはけらけら笑い声を上げる。いいかげんにしろよ、とルーのほうをにらみつけて、ぼくは目をみはった。

ルーがすごく優《やさ》しい顔をしてぼくを見つめていたからだ。

「……おまえ、本当は何がしたいの。プライドとかカネとか忘れて言ってみろよ」

いまなら何でも叶《かな》えてやるよ。偉大《いだい》な魔法使《まほうつか》いみたいな顔をして、ルーがそんな冗談《じょうだん》を言うから。ぼくは自分の心をのぞき込《こ》んで、浮《う》かび上《あ》がってきた望みを口にしたんだ。

「――アブトに、認められたい」

ぼくはぐっと奥歯《おくば》をかみしめた。じわりと涙腺《るいせん》がゆるむ。

「ホルン、吹《ふ》きたいよ。ぼくの音をみんなに聴《き》いてもらいたい。音楽、続けたい……」

にぎった拳《こぶし》で涙《なみだ》をぬぐったぼくに、うんざり顔のルーが言った。

「おまえ、ばかで鈍感《どんかん》なうえに泣き虫とか救えねえな。ホントにおれと同い年かよ。恥《は》ずかしくないの」

「は、恥ずかしいに決まってんじゃん。勝手に出てくるんだから、しょうがないだろ」

ばーか、ともう一度つぶやくと、ルーはくすっと笑う。

そういえば、アブトのあの問い。ルーなら、どう答えるんだろう。

「なあルー。愛って、何だと思う?」

「何だよいきなり」

ルーはちょっと顔をしかめたあと、考えるように首をかしげた。急に恥ずかしくなって、やっぱいいや、と取り消そうとしたそのとき、低めの声が耳に届く。

「……愛《リーベ》とは、受け入れること、かな。血のつながりもないタカサキが、おれを受け入れてくれたように」

青い瞳《ひとみ》には、穏《おだ》やかで優《やさ》しい光が浮《う》かんでいる。

「そっか」

やっぱりルーはぼくより大人だ。

じゃあぼくは？　ぼくだってたぶん、これまでたくさんの人に受け入れられて、甘《あま》やかされて音楽を続けてきたはずだ。父さん、母さん、マツリ。小山田先生。

ルーの言うように、ぼくもだれかを、何かを受け入れること、それがいまの、このぼくの愛だろうか。たとえば父さんの、叶《かな》わなかった夢を受け取るために音楽を続けることだろうか。一方でぼくが音楽をやめるのは、母さんを楽にするためだろうか。何だか違《ちが》う気がする。でもうまく言葉にできない。

それでも、ぼくの音に愛がないと言ったアブトに、ぼくは次の土曜日、答えを渡《わた》さなくちゃいけない。いまのぼくにとってのラヴを。

黙《だま》って考《かんが》え込《こ》んでしまったぼくに向かって、ルーがコーラ缶《かん》をぐいっと突《つ》きだした。眉《まゆ》を挑《ちょう》発的《はってき》につり上げて。

「――な、ぶちかましてやるんだろ。ロビージャック・アンサンブル」

乾杯《かんぱい》のつもりで自分のをこつんと当てる。

「……もちろん。やってやるよ」

垂れてきた鼻水を、ずびっとすすって宣言する。
首を洗って待ってろよ、レオニード・アブト。

終楽章

ダンサン――踊《おど》るように

決戦は土曜日。ぼく、ルー、黒沢《くろさわ》、シューコのメンバーは午前九時半に、有楽町《ゆうらくちょう》のロイヤルプリンスホテルの近くにある二十四時間営業のコーヒーショップで集合した。

テーブルで今日の計画について最終確認《かくにん》をする。ほかの三人が飲み物だけを注文する中、ルー一人だけ朝からチョコブラウニーを食べている。このあと演奏するのに、チョコみたいに甘《あま》い音しか出なくなっちゃったらどうするんだ。

「さて、決行の日だ。……おれ、どうすればいいんだっけ」

唇《くちびる》の端《はし》にチョコレートをくっつけてのんきに首をかしげるルー。こいつって、こう見えてじつはけっこうのんびり屋なんだな。ぼくはため息をつく。

「ルーは、ひたすらホテルのラウンジとロビーをいったりきたりして、アブトの動きを見張っていてくれればいいんだよ。この中で、高級ホテルのロビーにいても浮《う》かないのって、ルーだけだからね」

まず、アブトが起床《きしょう》するのはいつもきっかり九時半。それから彼《かれ》はいつもストレッチと呼吸法を十五分こなしてから朝食をとる。つまりだいたい十時前から食堂にいって、食事に三十分ほどかける。彼はホテルでルームサービスをとるのが好きじゃなくて、かならずラウンジで朝食をとるみたい。今日は、十二時に銀座《ぎんざ》でランチ兼《けん》打ち合わせがあるから、十一時半前にはホテルを出る。つまり、アブトが朝食を終えてホテルを出るまでの十時半から十一時半の間、ロビーで待《ま》ち伏《ぶ》せしていればいいんだ。

ちなみにこれらの情報はすべて、ジュリアードのユースケさんから得たものだ。数日前にＳｋｙｐｅ《スカイプ》でビデオ通話したときにお願いしてあった。画面の向こうでユースケさんは、やたらそわそわと落ちつかなそうにしていたっけ。

『頼《たの》むから、おれが秘書に聞きだしたってアブトにはバレないようにしてくれよ。おれ苦手なんだよ、アブトって。あの秘書も怖《こわ》いしさあ』

何でも、あれから事あるごとに呼びだされて、しょっちゅうピアノの伴奏《ばんそう》を命じられているらしい。練習時間が減ってたまんないよ、きみのせいだからな――と恨《うら》めしげにぼやくユースケさんに、ぼくはひたすら謝《あやま》るしかなかった。

でもユースケさんは、ニヤッと笑ってこうも言ってくれたんだ。

『でもあおったのはおれだけど、ホントにやるとは思わなかったよ。そういう遊び、おれは好きだな。聴《き》きにいけないのが残念だ。きみの音はじゃじゃ馬のしっぽみたいに奔放《ほんぽう》だから、本番はみんなの音を聴いて。メンバーをブン回さないようにね。日本男児として、やるからにはきっちりアブトの度肝《どぎも》を抜《ぬ》いてやりな、サムライボーイ』

わかったよ、ユースケさん。ぼくはアイスミルクティーをすすりながら、心の中でお人好《ひとよ》しの新進ピアニストにうなずく。だってぼく、いますごくワクワクしているんだ。

もうじき十時半になる。ぼくはすうっと息を大きく吸《す》い込《こ》むと、テーブルの真ん中ににぎり込んだ右拳《みぎこぶし》を突《つ》きだした。照れのあまり変な汗《あせ》をかきながら、ほかのお客が振《ふ》り返《かえ》るくらいの声をあげる。

「……やるっきゃない、よ！」

みんなは目を丸くして、それから次々に拳をぶつけてきた。

「うぃーす」

「ふふ。よろしく、カナちゃんっ」

「ヤー。さあいこうか《ゲーエン・ヴィア》」

最後にフェルメールブルーの瞳《ひとみ》と視線がかち合う。彼《かれ》との間に、これまでとは少し違《ちが》う、心地《ここち》よい火花が散るのを感じた。おれに最高の音を視せてみろって顔をしてる。光栄だよ、ルー。そして負けない。今日この舞台《ぶたい》で、ぼくたちははじめて同じ舞台に立つ。

ルーがロビーに、シューコがホテル入り口の回転ドア前に、黒沢とぼくはホテルが面している通りの少し離《はな》れた場所でそれぞれ待機する。アブトが現れたら、伝言リレーみたいにルーがシューコに、シューコがぼくらに合図を送ることになっていた。

休日といっても、有楽町は人でごった返している。さっきチラッとのぞいたホテルのロビーも、大勢の観光客やビジネスマンで混雑していた。あそこでゲリラ演奏するのかと思うと、あらためて緊張《きんちょう》してきた。大さわぎになる前に演奏を終えて、さっと撤収《てっしゅう》しないと本当に警察に捕《つか》まってしまう。

ガードレールに腰《こし》かけながら、ぼくは銀座方面に向かう車の流れを見つめる。ひたすら、そのときを待つ。いつもはうるさい黒沢も、フルートケースを抱《かか》え硬《かた》い表情で黙《だま》り込《こ》んだままだ。ぼくだってこれ以上はないほど緊張《きんちょう》しているのに、不思議と吐《は》き気《け》はしない。

ぼくは一人で吹《ふ》くんじゃない。たしかに舞台の上ではだれもが孤独《こどく》であることに変わりはないけれど、ルーや黒沢やシューコ、いままでいっしょに練習してきた戦友と立つ舞台《ぶたい》なら、緊張《きんちょう》すらより音楽を楽しむためのスパイスに変わる。そのことを、ぼくはもう知っている。願わくばぼくも、彼《かれ》らにとって戦友にふさわしい男でありたい。

「アフリカの朝だよ、トーゴ。いつもどおり、メゾフォルテでいこ」

小さく声をかけたぼくに、ぱっと黒沢が振《ふ》り向《む》く。強《こわ》ばっていた彼の顔が、次の瞬間《しゅんかん》ふっとゆるんだのを見て、不思議な気持ちになった。こんなぼくにだって、だれかの気持ちをほぐすことができるんだって。

「……るっせえよ。笹井《ささい》ちゃん、泣くぞ」

照れかくしか、いつもより三割増しでぶっきらぼうに言うと、黒沢はぼくの二《に》の腕《うで》を小突《こづ》いた。そのまま何か軽口でもたたこうとしたのか、口を開きかけた彼が目を大きくみはってぼくのうしろを指さした。

「おい、きたぜ」

振り向くと、ホテルのドアマンの前でシューコが両手をぶんぶん振り回している。

さあ、ショータイムのはじまりだ。

ここから先は時間との戦い。楽器ケースを肩《かた》にかけ、走ってロビーに入る。

レオニード・アブトはどこだ——いた。

きれいなシルバーの髪《かみ》にひときわ目立つ長身。ジュリアードで見た赤毛の女性秘書と、主催者《しゅさいしゃ》側《がわ》の関係者だろうか、日本人の男性と和《なご》やかに談笑《だんしょう》しながら、回転ドアに向かって歩いてくる。いまから打ち合わせに向かうんだろう。

ドアのすぐそばでルー、シューコと合流し、みんなでいっせいに楽器ケースを開ける。組み立てがいらないホルンのぼくはいいけど、木管組に許された組み立て時間は最長でも十秒だと設定してあった。

あ、クロークの人がぼくたちに気づいた。目を丸くしてる、早く。早く！

一番組み立てに時間がかかるのはオーボエのルーだ。あせるぼくの目の前で、ルーは緊張《きんちょう》なんて知らない顔で、組み立ての最後の仕上げに、因縁《いんねん》のリードの水入れから出したダブルリードを何度か唇《くちびる》にはさんでから、オーボエに差《さ》し込《こ》む。ここまできっかり十秒。

ぼくらは楽器を手に、横一列に並んでアブトの前に立ちふさがった。全員で優雅《ゆうが》なお辞儀《じぎ》なんてしてみたけど、早い話が、とおせんぼだよね。

ポカンと口を開けていたアブトが、ぼくを見て目をみはる。もしかしてぼくのこと、覚えてる？　それとも、ジュリアードで顔を合わせたことがあるルーに気づいただけ？　どっちでもいいよ。あなたはいまから、ぼくの音をイヤってほど聴《き》くんだから。

ロビーがざわざわしだした。奥《おく》から人が走ってくるのが見える。

ぼくはルーに目で合図を送る。ルーは気障《きざ》なウィンクを返した。

ルーはオーボエを縦に軽く振《ふ》って、ほかの木管二人にアインザッツを送る。出だしの小節。和音が重なる。

チューニングはそれぞれにすませてあるとはいえ、一発勝負もいいところだ。幸いなことに、ピッチに大きな乱れはないけれど、シューコの音が硬《かた》い。必要なバスクラの音量が半分も出ていない。

ぼくはとっさに隣《となり》のシューコに向かって、一瞬《いっしゅん》の、へたくそなタップダンスを踏《ふ》む。覚えてるだろシューコ、昼下がりの井《い》の頭公園《かしらこうえん》。あのハチャメチャなカエルの歌——黒のレースをカッコよく着こなすきみの、ありのままの、ジャズサウンドがほしいんだ！

シューコはびっくりしたようにぼくを見て、目を細めると、演奏を続けた。

（あ。音が伸《の》びた）

シューコの音が急にいきいきとして、音の輪郭《りんかく》が急に何倍もの大きさになったように感じる。

驚《おどろ》いた、音って、気持ち一つでこんなに変わるんだ。あれほど手こずったスラーつきの跳躍《ちょうやく》も安定している。

ぼくは安心して楽器をかまえると、マッピに唇《くちびる》を当てて自分だけの〈春〉を歌いだす。ルーがぼくに向けて何度も歌ってくれた、特別なこの歌を。ジュリアードでの出会いと、帰国してから経験した色んな出来事、そのすべてを込《こ》めるつもりで、ぼくは最初のE♭《エス》の四分音符《ぶおんぷ》を、新雪の上にオパールを乗せるように吹《ふ》いた。

めずらしく攻撃的《こうげきてき》な色をひそめた黒沢のフルートが、なめらかなヴィブラートでぼくの音の周りに波紋《はもん》を描《えが》く。絶品のp《ピアノ》でシューコの跳躍を追うオーボエの音に、座《すわ》り込んですすり泣く金色の髪《かみ》の子どものうしろ姿が見えた気がした。

憂鬱《ゆううつ》な出だしだと思っていた曲だけど、歌詞を知る前とあとでは、まるで違《ちが》う曲に思える。薄《うす》暗《ぐら》いほら穴の中で、長い間夢を見ていた……。

(ただ、きみが現れてくれることだけを祈《いの》って)

それは、ぼくらの気持ちそのものなんだ。ルーのぼくへの気持ち、いまのぼくのルーへの気持ち、そしてアブトへのぼくの気持ち。

腕組《うでぐ》みして興味深そうにぼくらを見ているアブトのペリドットグリーンの瞳《ひとみ》を、ぼくは力を込《こ》めてじっと見つめた。

「ジャスト、フォー、ユー」

あなたに捧《ささ》げます、という意味の英語をゆっくり口にする。

――レオニード・アブト、あなたに伝えたいんだ。あなたの音が、雷《かみなり》が、一人きりだと感じていたぼくをどれだけ救ってくれたか。

目を閉じて、三人のハルモニーに身をゆだねる。アタマの中に景色がめまぐるしく浮《う》かび上《あ》がった。ぼくは、薄暮《はくぼ》と枯《か》れたバラの枝におおわれたトンネルを憂鬱《ゆううつ》な足どりで抜《ぬ》けてゆく。

オーボエの短い三連続のトリル。ああこれ、いま気づいた、小鳥の声なんだ。軽《かろ》やかな鳴き声を背に、見えない手にぐいっと導かれるようにしてぼくのホルンは駆《か》け上がる。

このアレンジの最高音、五線上のハイC《ツェー》を、フォルテで。

――カンタービレ《うたうように》！

十分な、だけど木管編成のバランスをくずさない音量でフレーズを吹《ふ》ききって、静かにディミヌエンド。消えゆく最後の響《ひび》きを、そっと仲間にわたした。

切なく甘《あま》やかなオーボエがリードをとり、間奏がはじまった。

ぼくは吐息《といき》をついてゆっくり目を開く。

いつの間にか、ロビーはしんと静まりかえっていた。奥《おく》から駆《か》けつけてきた、たぶんだけどホテルの偉《えら》い人も、立ちどまって聴《き》いている。

真剣《しんけん》な表情をしたアブトと目が合った。以前と違《ちが》い前のめりになって、見間違いでなければ、頬《ほお》をわずかに紅潮させて聴いてくれている。あのレオニード・アブトが、ぼくの音にしびれている！　ぞくぞくした興奮が背中を駆け上がった、でもまだだよ。

ねえアブト。この音楽をもっと美しくするために、あなたをもっと驚《おどろ》かせるために、ぼくは何をすればいい？

次の入り、ぼくは意識して少し音色《トーン》を変える。閉塞《へいそく》ぎみだった右手を半分以上開放して、明るめの音に。さっきまでの音が純朴《じゅんぼく》な村娘《むらむすめ》なら、こっちは宮殿《きゅうでん》の春の庭に咲《さ》き乱《みだ》れる黄色いバラだ。仕上げとばかりに、アパチュアを固定したまま口周りの筋肉をふるわせて、ヴィブラートをかけてやる。

アブトがニヤリと笑って、ぴゅうっと口笛を吹《ふ》いた。

ロシアン・ヴィブラート――。

ロシアのホルン奏者が昔よくやっていた、劇的でロマンチックなヴィブラート。ちょっと大げさで感傷的で、いまの日本でやったらかなり浮《う》きそうだ。でもあなたは、七年前のニューヨークフィルの定期公演……チャイコフスキーの第五番でこのヴィブラート、やったよね。とてもすてきで特別だった。ぼくがあなたの音に出会うきっかけだった。あれからずっと、いつかぼくもやってやろうと思って練習してたんだ。

突然《とつぜん》ぼくがしかけたヴィブラートに、ルーは驚《おどろ》いたようにこっちを見たけど、いまにも笑いだしそうな、踊《おど》りだしそうな表情でオーボエを吹《ふ》き続けた。

スパークル！　火花を散らしてルーの音が変わる。ぼくのヴィブラートに誘《さそ》われるようにしてより深く、より輝《かがや》かしく、より高みへ。

アブトに、ぼくをとらなかったことを後悔《こうかい》させてやると決めて臨《のぞ》んだロビージャック・アンサンブルだけど、吹くうちにそんな気持ちはどこかへ吹き飛んでしまっている。

――ああ、音が好き。ホルンが、音楽が。

いまはまだ五線譜《ごせんふ》を通してしかつながれないけれど、ぼくはシューコたちと吹くのが好き。そして好きだと思う自分を、大事にしたいとはじめて思えたんだ。

レオニード・アブト、愛とは何だとあなたはたずねた。

結局、愛の正体なんてわからない。高架下《こうかした》のハトにでも聞いたほうがまだマシなくらいだ。

自分のことだけで精一杯《せいいっぱい》のぼくが知っているのは、かろうじてわかりかけているのは、ただこれだけ。愛って、もしかしたら、この手を伸《の》ばして、いま、目の前にいるあなたに向かって、一歩を踏《ふ》みだすことなんじゃないだろうか。

曲の最後はヴィブラートをとっぱらい、純朴《じゅんぼく》な村娘《むらむすめ》も宮殿《きゅうでん》のバラも忘れて、ありのままのぼく――時々クソ野郎《やろう》で、一日中ジグソーパズルをやってそうな十四歳《さい》の遠峰奏《とおみねかなで》の音で締《し》めくくる。

ホルンソロが終わったあと、バスクラはまるで冬から引きずってきた重荷を下ろすように跳躍《ちょうやく》をやめ、オーボエ、フルートと静かに和音を奏《かな》でる。メゾピアノから音量を落とし、最後の小節では、弦《げん》のピッチカートを模したバスクラが四分音符《ぶおんぷ》をスタッカートぎみに置いて、ぼくらの三分三十秒の〈春〉が終わった。

どうやらぼくらのロビージャックを楽しんでくれたらしい宿泊客《しゅくはくきゃく》が、わっとわいてたくさんの拍手《はくしゅ》をくれる。怖《こわ》い顔をして近づいてくるホテルの偉《えら》い人をさえぎるようにして、アブトがぼくの目の前に立った。

ペリドットグリーンの瞳《ひとみ》が、ぼくを見下ろしていたずらっぽくほほえんでいる。

『カナデだったたね。きみは、私と同じくらいサプライズが好きみたいだ。落としものは見つかったのかい』

ぼくのこと、覚えてくれていたんだ。

オーディションのときよりはリラックスしているせいか、今度は英語が聞きとれた。爆発《ばくはつ》しそうな胸の高鳴りをどうにか抑《おさ》え、震《ふる》える声で答えた。

『……わかりません』

『見つからなかった？』

小学校のころから追いかけてきたホルニストを、ぼくは正面から見つめる。

『ぼくはホルンが好きです。楽器を続けてきてよかった』

これで答えになるだろうか。鼻がつんと詰《つ》まり、目頭《めがしら》が熱くなる。小山田《おやまだ》先生、いまならわかるよ。さっき、たしかにぼくのそばにエウテルペがいた。きっとあの一瞬《いっしゅん》のために、世界中の演奏家は、ぼくは、人生のすべてを捧《ささ》げるんだ。

アブトは軽くうなずくと、彼《かれ》のソロのように低く甘《あま》いアルトでささやく。

『……プレカレッジの不合格は取り消さない。いいかい、でこぼこの青リンゴに不完全な演奏を二度も聴《き》かされたんだ。三度目を聴かせたければ、きみの名前と音を私が覚えているうちに追いかけてくることだ。私はニューヨークで一番忘れっぽいホルニストだからね』

自分のこめかみをトントンと指で押《お》さえて、唇《くちびる》だけで笑うと、アブトは今度は振《ふ》り返《かえ》りもせずに正面ドアに向かった。秘書があわてて後を追う。

ぼくは黙《だま》って、アブトのすらりとしたうしろ姿がドアをくぐるのを見送った。ドアとの距離《きょり》はおよそ十メートル。実際の距離よりも、はるかに遠いアブトの背中。しかも、その背中はますます遠ざかる一方だ。そう、ぼくが走りださないかぎりは。

その後のぼくらはといえば、支配人室に連れていかれ、しっかり三十分以上も説教をくらったのだった。

これが、ぼくらのロビージャック・アンサンブルの、あっけない顛末《てんまつ》。


ホテルから連絡《れんらく》を受けて迎《むか》えにきた母さんは、支配人室で平謝《ひらあやま》りしたあと、ばしんっと高らかなD《デー》でぼくの右頬《みぎほお》にビンタをくれた。

「男が中二にもなって、他人様に迷惑《めいわく》をかけるんじゃないっ」

母さんのあまりの剣幕《けんまく》に、ホテルの支配人も、シューコと黒沢の迎えがきてから一人残されていたルーも、なぜか母さんについてきたマツリまで顔が青ざめた。

うちの母さんはふだんはおっとりして優《やさ》しいんだけど、本気で怒《おこ》ると父さんでも一言も口だしできないくらい怖《こわ》いんだ。

というか、母さん、なんでマツリまで連れてくるんだよ。

ルーとはレベルの違《ちが》うビンタによろめいたぼくの両肩《りょうかた》に、母さんは手を置いた。母さんに触《ふ》れられるなんて、どれくらいぶりだろう。

「……あなた、マツリからコンビニの話聞いたんでしょ」

ぼくは黙《だま》ってうなずく。母さんは小さくため息をついた。

「心配させてごめんね。もっと早く言えばよかったね。お母さん……あなたに見栄《みえ》を張りたかったのかなあ。かっこ悪いとこ見せたくなかったのかな」

「……でもマツリ姉ちゃんには本当のこと言ってた。ぼくには何も教えてくれなかった。ぼくがまだ中学生だから？　そんなの、ずるいよ」

ずっと心にわだかまっていたことが、口からぽろりとこぼれた。中二にもなって、すねてるみたいでみっともないけど、これがぼくの本音。

「マツリは、昔から親のことよく見てくれてる子でね。もう高校生だし、お姉ちゃんでしっかりしてるからって、辛《つら》い思いさせちゃった。カナデも、ごめんね。お母さん、ずるかったね」

ぼくは、ニューヨークから帰国してからじつにはじめて、母さんと正面から目を合わせた。母さんは、意外にも疲《つか》れた顔をしていなかった。少しやせた気はするけれど、以前と変わらない、明るくてアジアート《のんびりと》なぼくらの母さんだ。

ぼくは自然にアタマを下げていた。

「——母さん、帰ってから父さんにも話すけど、お願いがあるんだ。これまでホルンのことでお金ばっかりかけてごめん。でもぼく、やっぱり音楽はやめられない。部活もやめようと思ってたけど、またがんばりたい」

「音楽やめるって……あなた、そんなこと考えてたの」

怖《こわ》い顔をする母さん。

「どうしてまず相談しなかったの。すぐに思《おも》い込《こ》むんだから。お父さんもいまごろ家ではらはらしてるわよ。ホテルから連絡《れんらく》もらってから、おれがプレッシャーかけすぎたのかなって、青い顔してた」

ダイニングでめったに飲まないお酒で真っ赤になっている姿が思い浮《う》かぶ。あんな姿、見たくなかったと思ったけれど、一番家族に見せたくなかったのは父さん自身だろう。

「……家に迷惑《めいわく》をかけないような方法を絶対に考えるから。どんな進路を選ぶにしても、もっとがんばって、奨学金《しょうがくきん》をとれるようにする。小山田先生にも相談して」

「迷惑なんて言わないで」

「ごめん、母さん」

「謝《あやま》るのもやめなさい」そう言うと、母さんはホテルのスタッフに聞こえないように、こそっとぼくの耳元でささやいた。

「言ったことなかったけど、お母さんの一生の自慢《じまん》はね、奏。小学校のブラバンにあなたを仮入部させたこと。大きな声じゃ言えないけど、子どものあなたがこれだけかっこいいんだもの。母さんも父さんも、レジ打ちくらい、がんばらなきゃね」


母さんはまた何度もホテルの支配人に謝り、ぼくらはその場で無罪放免《ほうめん》となった。

「ロイヤルプリンスホテル史上、初の珍事《ちんじ》ですよ」と支配人は苦笑《くしょう》していた。「大変けっこうな演奏でしたが、今度は事前にお知らせねがいます」

ぼくと二人きりで話があるとひかえめに――どれだけうちの母さんにビビればそうなるのか、彼《かれ》にしてはごくひかえめに――伝えてきたルーとぼくを置いて、母さんたちは先に帰ることになった。ドイツに家族を置いてアメリカ留学しているルーに、迎《むか》えはこない。

ホテルを出て、有楽町駅にまっすぐ向かうという母さんたちを歩道で見送る。

母さんと並んで歩きだしたマツリが、数歩歩いてぴたっと止まり、ぼくらにずかずか近づいてきて、吐《は》き捨《す》てた。

「カナ。あんた、ほんっと、ばかだよね」

まるで否定できない。

「何すっきりした顔してんのよ。ばか」

わざわざ傷口を広げにきたのかよと疑うぼくの前で、マツリはちょっと口ごもる。それから、意を決したように低い声でささやいた。

「……あのね。あたし、高校でバレーやめんの」

ひそひそ声の、突然《とつぜん》の告白だった。

「レギュラーにもなれないし、ほかのすごい先輩《せんぱい》たち見てて……あたしは違《ちが》うんだってわかったし。納得《なっとく》してるし悔《く》いはない。でもあんたを見てると、正直イラつくんだ。才能があって、まっすぐで、自分がほしいものを知ってて。だから、八つ当たりした」

「あのさ、ぼく……」

「黙《だま》って聞いてな、ばか。でもさ、結局は才能とかじゃなくて、あたしは、あんたほどばかになれなかったのかなって。そのかわり、引退の日まで……身も心も燃やしつくす。あんたみたいに、雷《かみなり》とやらは落ちないけどさ」

マツリは父さん似の面長《おもなが》の顔に決意をみなぎらせて、そう言いきった。ぼくは思わずほれぼれとしてしまった。

「――かっこいいね。マツリ」

「呼び捨てすんなって、幼稚園《ようちえん》のころから言ってるよね。弟のくせに」

マツリは眉《まゆ》をつり上げると、ポコンっとぼくのアタマをはたく。小学校時代を思いださせる、とんでもない暴力女ぶりだ。でも何だかなつかしくもある。マツリはきっとぼくにこれを言いに、わざわざホテルまできたんだろう。

「あ、うちの借金、別にあんたの音楽費用のためだけじゃないからね。そんなレベルの額じゃないから。あっさり信じるあたり、あんたもまだまだ中学生だよね。……今日、家、早く帰ってきなよ。夕飯ギョーザだって。今日の罰《ばつ》として、あんたが皮包み」

こんな捨てゼリフで、ぼくをあぜんとさせることも忘れない。

母さんたちを今度こそ見送ったあと、ルーが疲《つか》れきった顔でガードレールにもたれかかった。

そんなにロビージャックがこたえたかと思いきや、

「……おまえの母ちゃんと姉ちゃん怖《こわ》すぎだろ。おれ、あんなの絶対逆らえない……」

ぼくを同じようにビンタしたくせに、自分のことはすっかり棚《たな》に上げたらしいルーが真剣《しんけん》な顔つきで言った。ぼくは黙《だま》ってうなずく。実際、逆らえたときのほうが少ない。

「それで、ぼくに話って？」

気をとりなおしてたずねたぼくに、ルーは短く息を吸ってから告げた。

「――おれ、今日の夕方の便でニューヨークに戻《もど》るんだ」

「……え。そんな、急に……」

ひゅ、と息が止まる。思った以上にうろたえてしまう。いまルーはアメリカ住まいなんだから、当たり前のことなんだけど。こんなに近くに別れが近づいていたなんて、なぜか考えたくなかった。

「元々、もっと早くに戻る予定だった。アンサンブルのことで、日程をぎりぎりまで延ばしてたから。ごめん。何となく、言いだせなかった」

言葉もなく見つめるしかないぼくに吐息《といき》をつき、オーボイストは苦笑《くしょう》する。

「……あーあ。おれ、やっぱりモーツァルテウムはやめてジュリアードに行こっかな。おまえもこいよ」

「はあ!?」

感傷もどこへやらだ。だから、なんでそうなるんだよ、この宇宙人っ。

「——あのさ、きみと出会ったとき、ぼくがなんで泣いてたのかわかってる?」

「なんでだっけ」

「お、ち、た、ん、だ、よ、そのジュリアードに!」

「また受ければいいだろ」

「簡単に言うなよ。モーツァルテウムとジュリアードを天秤《てんびん》にかけたり、コルトーの指揮でソロ吹《ふ》いたりする人にはわかんないだろうけど!」

「じゃあ言い直す。簡単じゃないけど、シンプル」

ルーはくすくす笑うと、バレリーナのように両手を広げて、指の先までぴん! と伸《の》ばした。きれいに尖《とが》ったあごを少し上向きにして、しかし瞳《ひとみ》を若い鷹《たか》のように燃やしてぼくを見つめ——器用に右足をうしろに上げて、くるりとターン。ここは歩道だよ、みんな見てるよってツッコミも忘れて、ぼくはその姿に見とれてしまう。

ああ、ルーったら、また全身で音楽を奏《かな》でている。高らかに、挑発的《ちょうはってき》に。

「ガキのころからさんざん他人の演奏を聴《き》かされてきて、あきあきしてんだ。おれ、たまってんだよ。シュトラウスくらいじゃ全然足りねえ。高崎竜樹《たかさきりゅうじゅ》ってオーボエを世界中に嫌《いや》ってほど聴かせてやる」

今度は胸の真ん中でふわりと卵を抱《だ》くように両肘《りょうひじ》をひらき、きれいなピルエット。プリマじゃあるまいし、ちょっとやりすぎじゃないの。

フェルメールブルーがぼくをじっと見つめる。

「いつか、できるだけ早いうちに、おれとおまえは同じ舞台《ぶたい》に立つ運命なんだ。想像してみろよ。どこがいい？　リンデン・オーパー？　バイエルン？　シカゴ？」

「カーネギーがいい。ニューヨークには文句言ってやりたいことがあってさ」

ぼくは、くすくす笑って言った。言うだけならタダだ。

その意気だ、とルーの瞳《ひとみ》が見逃《みのが》せない熱をおびる。

「そう。オーボエ協奏曲とホルン協奏曲のダブルコンチェルトだ。最高のオケをバックにして、おれとお前はライトを浴びる。観客席はいっぱいで、立ち見まで出ている。優雅《ゆうが》にお辞儀《じぎ》をしてから、おれひとりのために振《ふ》れと、指揮者を見すえる。おれたちはソリストとして出るけど、おれのオーボエ協奏曲にはお前が台乗りしろよ。お前のホルン協奏曲になら、特別におれも乗ってやってもいい」

ぼくはついに噴《ふ》きだした。

「なんで笑う」心外だ、という風に、ルーはうすい三日月のような眉《まゆ》をつり上げた。

「だって夢のようなことを言うから」

「夢見るように《レヴェ・ドゥースマン》奏でよ！　それが演奏家ってやつだろ。ただオーボエを吹くんじゃない、美しいオーボエそのものみたいに生きるんだ。人生とはそういう夢だ。いつだって好きにおれやおまえの音を奏《かな》でりゃいい。さ、おまえはどうするんだ？　ホルニスト」

詩人みたいにカッコいいことを言いたがる男を、ぼくは鼻で笑ってやる。

「ゴタクはいいからさ。きみ、ぼくのシュトラウスで第一オーボエ吹く用意しときなよ」

「グート！　おまえにしちゃ、悪くない答えだ」

ルーはフォルティッシモのときのヴァイオリンの弓のように目をしならせて笑った。

「おれもさ、どヘタなおまえのために猶予《ゆうよ》をやるよ。三年だ。三年以内に、おれのところまで上がってこい。それでおれのシュトラウスで第一ホルン、吹けよな」

平然と命じる彼《かれ》に、ぼくは肩《かた》をすくめてみせる。タカサキ・リュージュ、きみは本当に、これまで出会ったことがないほど傲慢《ごうまん》なやつだ。そうだな、ぼくと同じくらい。

「……ねえルー。お別れにもう一度聴《き》かせてよ。きみのシュトラウス」

ルーは眩《まぶ》しげに目を何度か瞬《まばた》かせると、浅い春のように美しくほほえんだ。

オーボエ協奏曲ニ長調ＡＶ．１４４、第二楽章アンダンテ。

うすい唇《くちびる》がリヒャルトの魂《たましい》の調べを口ずさむ。伴奏《ばんそう》はけたたましい晴海《はるみ》通りの排気音《はいきおん》。でもすぐにぼくのアタマの中で、あざやかなオーボエの音色《おんしょく》に変わる。

ぼくは思わずため息をもらした。この先何が起ころうと、ぼくはきっと、きみと並んで吹《ふ》いていく――そんな予感が、するんだ。

ニューヨークの消印が押《お》された封書《ふうしょ》が届いたのは、ロビージャック・アンサンブルが終わり、ルーがアメリカに帰国した十日後のことだった。

シンプルな書体で〈ザ・ジュリアード・スクール〉と英語で学校名が印刷された、クリーム色の上等な封筒《ふうとう》。

封筒には一通のタイプ打ちの手紙、そして航空券の往復チケットが入っていた。

手紙には、今年度開催《かいさい》されるジュリアードの管楽器サマースクールの募集要項《ぼしゅうようこう》が載《の》っている。たった一週間のサマースクールだけど、プレカレのようにジュニアレベルにとどまらず、世界中からセミプロやプロの管楽器奏者が集まるジュリアードの一大イベントだ。

期間中は連日、各楽器のトッププレーヤーによるワークショップが開催される。

ホルンセクションの責任者欄《らん》を見て、ぼくは軽く息をのむ。

レオニード・アブト——。

開催日《かいさいび》は、コンクール県大会本選のすぐあとだ。

同封《どうふう》された課題曲のリストには、モーツァルトやサン・サーンスにまじって、ちゃっかりシュトラウスのホルン協奏曲第二番が入っている。

ぼくが大いにため息をついたことは言うまでもない。今度は第二番か。こいつはどうやら、ぼくのトラウマチューンが増えそうじゃないか。

でもいいさ。何度でもマッピに息を通して、完璧《かんぺき》なアンブシュアを作り、銀色のレバーを押《お》さえ、ふいごみたいに肺をふくらませて、最初の小節、シュトラウスに会いにいく。カイゼル髭《ひげ》のリヒャルトが見えれば上出来。

そしてぼくはフォルテで高らかに歌うんだ。

——こんにちは、シュトラウス。

参考資料

書籍

『ジュリアードの青春　音楽に賭ける若者たち』
（ジュディス・コーガン／著　木村博江／訳　新宿書房）

『共感覚という神秘的な世界 言葉に色を見る人、音楽に虹を見る人』
（モリーン・シーバーグ／著　和田美樹／訳　エクスナレッジ）

『共感覚　もっとも奇妙な知覚世界』
（ジョン・ハリソン／著　松尾香弥子／訳　新曜社）

『カエルの声はなぜ青いのか？ 共感覚が教えてくれること』
（ジェイミー・ウォード／著　長尾 力／訳　青土社）

『ねこは青、子ねこは黄緑　共感覚者が自ら語る不思議な世界』
（パトリシア・リン・ダフィー／著　石田理恵／訳　早川書房）

CD

「R.シュトラウス:オーボエ協奏曲、4つの最後の歌　他」（オクタヴィア・レコード）

「R.シュトラウス:4つの最後の歌、他」（ドイツ・グラモフォン）

総譜

「R.シュトラウス:4つの最後の歌、メタモルフォーゼン、オーボエ協奏曲」（ブージー&ホークス社）

「R.シュトラウス:ホルン協奏曲 第1番 変ホ長調 Op.11」（ウニヴァザール社）

ご協力いただきました。音楽を愛する仲間に感謝を込めて。

吉田信人さま（Hr.）
戸崎恵里さま（Ob.）
樋口恵二さま（Fl.）
田畑 舞さま（Vn.）

黒川裕子（くろかわゆうこ）

作家。京都外国語大学学士（日本語学）、エディンバラ大学修士（犯罪学）。2012年に、児童文学者協会第56期創作教室で泉啓子氏、最上一平氏に師事。本作は、第58回講談社児童文学新人賞佳作受賞作。千葉県在住。

この作品は書き下ろしです。

奏《かなで》のフォルテ

2018年7月17日　第1刷発行

著者――――――黒川裕子《くろかわゆうこ》
画家――――――北村《きたむら》みなみ
装丁――――――アルビレオ
発行者―――――渡瀬昌彦
発行所―――――株式会社講談社
〒112-8001
東京都文京区音羽2-12-21
電話　編集　03-5395-3535
　　　販売　03-5395-3625
　　　業務　03-5395-3615
印刷所―――――株式会社　精興社
製本所―――――大口製本印刷株式会社
本文データ制作――講談社デジタル製作

N.D.C. 913　239p　19cm　ISBN978-4-06-512098-9